中国历代通俗演义故事·农闲读本

狄公案

原著　佚　名
改编　刘　洁
插图　刘　岩　姚博峰

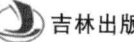吉林出版集团股份有限公司

图书在版编目（CIP）数据

狄公案 / 刘洁改编. —长春：吉林出版集团股份有限
公司，2008.11（2023.8 重印）

（中国历代通俗演义故事：农闲读本）

ISBN 978-7-80762-934-4

Ⅰ.狄… Ⅱ.刘… Ⅲ.侠义小说—中国—清代—缩
写本 Ⅳ.I242.4

中国版本图书馆 CIP 数据核字（2008）第 165848 号

书　名	狄公案 DIGONG AN
出版策划	崔文辉
责任编辑	徐巧智
出　版	吉林出版集团股份有限公司
	（长春市福址大路 5788 号，邮政编码：130118）
发　行	吉林出版集团译文图书经营有限公司
	（http://shop34896900.taobao.com）
制　作	猫头鹰工作室
电　话	总编办 0431-81629909　营销部 0431-81629880
印　刷	三河市金兆印刷装订有限公司
开　本	889×1194 毫米　1/32
印　张	6.75
字　数	105 千字
版　次	2008 年 11 月第 1 版
印　次	2023 年 8 月第 2 次印刷
标准书号	ISBN 978-7-80762-934-4
定　价	38.00 元

（如有印装质量问题请与出版社调换。联系电话：18533602666）

前　言

　　狄仁杰,字怀英,山西并州太原人,生于唐太宗贞观四年(630),卒于武则天久视元年(700),系唐初继魏征后的又一名臣,杰出的封建政治家。唐高宗仪凤年间(676 年—679年),升任为大理丞,以善于断狱著称。后历任宁州刺史、洛州司马、地官侍郎同凤阁鸾台平章事等职。在任期间,刚直廉明、执法不阿,为百姓所敬仰、爱戴。另外,狄仁杰还有知人善任之誉,先后举荐了张柬之、桓彦范、窦怀贞、姚崇等多位中兴名臣。一时,朝中政风为之一变。后来,狄仁杰被酷吏来俊臣等诬害下狱,先接受诬名,免遭酷刑,后密嘱其子禀告于武则天,加以辩白,方保住性命,但仍被贬为彭泽令。直至神功元年(697 年),才被召回朝中,恢复相位,成为辅佐女皇治理国家的左右手。为相期间,狄仁杰极力调解武则天母子关系,并劝说武则天顺应民心,还政于庐陵王李显,为唐祚的匡复做出了贡献。后因病身亡,卒赠文昌右丞,谥"文惠",唐中宗继位,追赠司空一职;唐睿宗时追封为梁国公。

　　《狄公案》,又名《狄公案全传》《武则天四大奇案》,共六卷六十四回。清光绪十六年(1890 年)上海书局的石印本,为现存最早的刊本,书名为《绣像武则天四大奇案》,未署撰稿人。

　　小说是在正史记载的基础上，根据民间传说、百姓心声，加以改编演绎而成的。其中描写了唐武则天时期，山西太原人狄仁杰通过明经科考试，及第得官。在任昌平县令期间，能够尽心尽职，探查民生疾苦，运用其高超的智慧和严密的逻辑推理，先后侦破毕顺暴死、六里墩杀人等案，平反制止了一桩桩冤假错案，不愧为"河曲之明珠，东南之遗宝"。因功绩勋著，狄仁杰既深得民望，又受到正直大臣的识谏，于是擢升直至相位。为官期间，狄仁杰联合朝中正臣，打压恶徒、不避权贵，震慑、严惩了一批批势焰冲天的权贵奸徒，最后又使武则天母子得以冰释前嫌。最终，庐陵王（即后来的唐中宗）登基为帝，天下重归李唐。

　　《狄公案》中的主要人物，均史有记载，所作所为也多符合历史真实，但是，因为融入了不少的民间演绎，所以传奇色彩更为浓厚，故事情节也更为生动。此外，小说中，狄公的聪慧与幽默，恶徒的狠毒与伪诈，百姓的厚直与可爱，以及唐代特有的山明水秀、生活百态，又为我们展开了一幅幅鲜明活泼的唐俗画卷，给人以情节之外的艺术美感享受。

编　者

目录

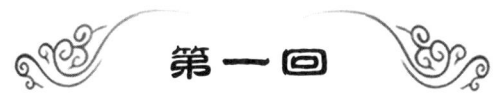

第一回

胡地甲诬良害己
孔万德验尸受惊

话说大唐中宗年间，朝廷有一位赤胆直臣，名为狄仁杰。此人才高八斗、断案如神。虽然当时的真正掌权者不是懦弱的唐中宗，而是他的母亲——心狠精明的武则天，但狄仁杰仍然能在太后的淫威下，犯颜力争、为民申冤，所以唐朝以来人人敬服，都尊称他为狄公、国老，后来又因功劳，被加封为"梁国公"。后人有首诗专赞他：

世人但喜作高官，执法无难断案难。

宽猛相平思吕杜，严苛尚是恶申韩。

一心清正千家福，两字公平百姓安。

惟有昌平旧令尹，留传案牍后人看。

这狄公因办案闻名，手下自然少不了几员猛将。话说狄公在昌平作令尹时，手下就有四个亲随：一个叫乔泰，一个叫马荣，两人武艺高明、英雄厚义，过去都是绿林中的豪客。又有一个叫作洪亮的，虽然没有乔、马二人的武艺，却胆大心细、办事机敏。又有一个名为陶干的，过去也是个走江湖的好手，因仇家太多，便投在狄公麾下，算是改邪归正了。自从狄公到昌平任职之后，这四人便代他私行暗访，解决了许多

1

疑难案件。

话说一日,狄仁杰正在后堂看那些呈上来的公事,忽听大堂上有人击鼓,便急忙穿了冠带,升坐公堂。但见此时有个四五十岁的百姓形色仓皇,正在那堂口呼冤不止。狄仁杰忙让差人带他上来,问他说:"来人姓甚名谁?为什么不等到升堂的时间控告,却在这个时候击鼓,究竟有何冤屈?"那人说:"小人名叫孔万德,是昌平县六里墩的客店老板。昨晚有两个贩卖丝物的客人来小店投宿,说是湖州人,因为到外地办货,路过此地。小人见是过路的客人,就让他俩住下了。夜间他们还饮酒谈笑,众人都听到了。今早天色将明,他俩就起身离开了小店,到了辰时(早7:00~9:00),地甲胡德突然跑来报信,说他两人已在镇口被人杀害了。这胡德硬说是小人见财害命,将他二人先杀害,再抛尸镇口、赃害别人。又不等小人分辩,就将两个尸骸拖到小人家门口,大声恐吓,要讹诈小人五百两方肯罢休。因此小人情急,特来请大老爷申冤。"狄仁杰听他这番言语,又将此人上下一望,也不像一个行凶的模样。无奈是人命重案,不能听他一面之词就将他放去,便说:"你既然说自己是本地良民,为何这地甲不说他人,偏偏直说是你?可见你也不是个良善之辈。先将地甲带来再说。"

下面差役一声答应,早见一个三十多岁的人走上前来,到了案前,跪下说:"小人给太爷请安。小人是本地地甲,此案也是在小人管下。今早见这两口尸骸被杀死镇口,当时并不知是何处客人。后来镇上人家前来观看,都说是昨晚投在孔家店内的客人,小人因此向他盘问。若不是他图财害命,为何两人都被杀死在镇上?而且孔万德说他们动身时天色将明,当时镇上也该有早起的人行路,若是在路上遇见凶手,难道就没有一个人看见?再说镇上的店家又未曾听见过喊救的声音,这显然就是:孔万德先在夜间动手将两人杀死,再拖到镇口移尸灭迹。现在凶手就在堂下,求太爷审讯。"狄仁杰听了胡德这番话,也觉得甚有道理,再回头看看孔万德,又实在不像个图财害命的凶人,便说:"你两人所说不同,本县没经察验也不能就此定夺。等到察验过后,再加审讯。"说完,将他们两人交给差役带了出去。随后,便带着一干差人前去六里墩审察此案。

到了镇上,狄仁杰就先往孔万德的客店走去。到了店门口,果然看见两具尸体倒在那儿,看来是刀伤致死。于是问胡德:"这尸首本来就是倒在这里的吗?"胡德急忙回答:"太爷恩典。这是孔万德有意害人,先杀人再移尸,抛弃在镇口,以便随后抵赖。小人不能牵涉无辜,所以将尸首仍然搬移在他家门前,求太爷明察。"狄公不等他说完,当即喝道:"你这狗头!既然也是公人差役,怎能藐视王法、私自移尸?这显然是有心索诈了。不然,就是与孔万德同谋杀人,因分赃不均才先将同伙出首官府。"说着便命令差役先将胡德重打二百刑杖来作为警戒。直打得胡德呼天叫地,皮开肉绽。但这胡德仍然不变口供,一口咬定是孔万德杀的人。

狄仁杰带着众人来到孔家店内,直找到那两个湖州商客昨夜住宿过的房间,与众人进去细看,看到桌上有未曾除去的残肴酒迹,床的面前还摆着两个夜壶。实在看不出有什么蛛丝马迹。又担心孔万德口供供得不实,便问他:"你在这地方既然开了数十年客店,往来的过客必然多住在这里了。难道昨日就只有他们两个人,此外就没有别的客人了吗?"孔万德回答说:"此外还有三个客人,一个是往山西贩卖皮货的商人;另外两个是主仆两人,从河南来到这里,现在因为生病,还睡卧在房间里。"狄公就先将那个皮货客人带来询问。那皮货客人回答:"小人历年做这皮货生意,每次都在这家投宿。昨天那两个客人,确实是天色将明的时候出去的,夜间也没有听到什么喊叫声。至于他们为什么被杀,我们实在不知道。"狄仁杰又将那主仆二人中的仆人唤来询问,仆人回答的也与那皮货客人一样,并且说他的主人因为抱病一夜而没有睡好觉,若是出现杀人的事,又怎么会听不到一丝动静?

狄仁杰听到众人异口同声,都说不是孔万德杀害的,心里更加疑惑。于是又来到镇口,果然看见湖州商客被杀的地方鲜血汪汪,散在四处。镇口的左右一带又没有人家居住,只得将镇里离此处近一点的居民提来审问。大家都说不知具体情况,只是因为早上有过路人叫唤起来,方才知道出了命案。然后大家就告诉了地甲。后来经过查访,才知道是孔家店内的客人。狄仁杰心想:"难道就是这地甲做的?此时天色已晚,我先细细查访一夜,明早察验后再做商议。"当时吩咐差役小心看管尸首,自己来到镇上的公馆,喊来洪亮,说:"这人肯定不是孔万德杀的。本县现在唯恐是胡德做了这事,反倒自己先来报案,陷害别人。你先去细细访问一下,再来告诉我。"

洪亮立刻出来，找到地甲胡德的伙计赵三，还有几个值日的差役，说："我是随着太爷来办理这个案子的，但这案子没有被害人的家属也查不到凶手，眼看着那孔万德白白被冤枉了。我们虽是在公门口吃饭的，也不能坑害无辜的好人吧。到现在我们腹中已然饥饿，胡德是这地方的地甲，难道连点酒饭也不预备？我们也不会平白干扰大家，明天回到衙门后，那工食我们也会照还的。现在难不成真让我们挨饿吗？"赵三听见洪亮这般话，赶紧上来招呼说："洪都头您不要生气，这是因为我们地甲被案件缠着，一时忘记叫人预备了。既然众位都饿了，小人就请大家到镇上的东街酒楼上胡乱吃一顿吧。"说着，另外派了两个人看守尸首，自己就带着众人来到酒楼。洪亮说："我们也不是一般的差役，遇到个案子就拿着当事人的钱大吃大喝。这酒菜共计多少钱，随后一起还你就是了。"说着大家就坐了下来。

洪亮明明知道胡德被杖打一顿后，已被乔泰、马荣两人看押在孔万德家，却对赵三说："你家头儿也太疏忽了，怎么昨个一夜不在家，今天回来知道这案件就想诈那孔老儿这么多银两，人家不愿意，还把尸首移到了孔家门口，岂不是太毒辣了吗？现在太爷打了他二百刑杖，明天还要他交出凶手。你看，这不是自讨苦吃吗？"

赵三说："都头你不知道。我们这个地甲与那孔老儿有仇。过去一到了年节，那孔老儿只肯给几个铜钱，平时想赚挪他一文都是不行的。昨夜恰巧胡德赌钱又输了一身欠账，到了天亮正没法脱身，忽然镇上哄闹着说出了命案。他听说被害的正是从孔家出来的人，就起了这个恶念，想诈几百银子还那赌账。没想到太爷清明得很，先将他责罚了一顿。那孔老儿虽是个吝啬的人，我看这件事他也绝对不敢做。"

洪亮听后，吃完酒饭就直接来到狄公面前，将刚才的一番话说了一遍。狄公说："这个案子真是奇怪。如果不是这胡德做的，必然是那两人过去在别的地方暴露了银钱，被歹徒看到跟踪他们到了这里，再趁他们不注意将之杀死。否则，为什么两个人都被杀死在了镇口？且等到明天查验了尸体情况，再做决定吧。"

第二天一早，狄公就步出公馆，来到公案前坐下，先把孔万德唤来，说："这个案子你虽然不知情，但这人是从你的店内出去的，所以你就不能置身事外。你先把他们两个的名字说出来，以便本官按照名字查验。"孔万德说："他们一个说是姓徐，一个说是姓邵。当时因为他们匆匆忙忙地卸下行李，也没来得及问他们的姓名。"狄公点点头，用朱笔批了"徐姓男子"四个字，命令仵作（旧时官府中检验死伤的差役）先查验这口尸首。只见仵作领了朱批，到了场上，先把左边那尸身让赵三及值日的差役抬到当中，向狄公禀告说："这个人是否姓徐，请让孔万德上前来看一下吧。"狄公便叫孔万德到场上去看。那孔万德只得战战兢兢地走到场上。但见一具鲜血淋漓的尸身，五官已被血和泥土污满了。孔万德勉强看了，说："这个人正是前晚住店的客人。"

仵作听完报告，随即取了六七扇芦席铺列地下，将尸身仰放在上面,先用热水将周身血迹洗去,细细验了一会,报告说是刀伤致死。刑房填好了尸格,呈在案上。狄公又自己下案,在尸身上下看了一周,发现与所报无异,便又命令查验那姓邵的尸身。这次同样又让那孔老儿上去查看。

孔万德到了场上,低头一看,不禁一个跟斗吓倒在地上,眼珠直向上瞄,口中喃喃地直说不出话来。欲知后事如何,且看下回分解。

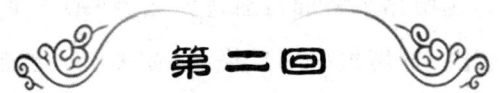

第二回
狄仁杰卖药查凶
毕老妇治病引案

　　上回说到这孔万德到了场上,看过第二具尸体后,突然吓倒在地上,口中只是喃喃地说不出话来。狄公在上面看到这个情景,知道是出了什么原因,就让洪亮将他扶起,等他苏醒过来,再继续查验。尸场上人们都猜疑不定,周围一片寂静。一盏糖水灌入嘴里后,孔万德苏醒过来,口中却直喊:"不……不……不好了,错……错了。"洪亮连忙问他:"老儿你定一定神,太爷现在正在上面,等你说明白是谁错了。"孔万德说:"这尸体错了。前天晚上那个姓邵的是个少年男子,这个人却已经有了胡须。这哪里是住店的客人呢?这尸体明明是错了,赶快求太爷申冤呀!"

　　仵作同洪亮听了这话,吓得疑惑不已,赶紧回报了狄公。狄公说:"哪会有这样的事!这两口尸首昨日已经在这儿一天了,他怎么能分辨不清楚?这难道不是他的胡言搪塞吗?"说着便将孔万德提到案前,怒问了他一顿。

　　那孔老儿直急得磕头大哭,说:"小人自从被那胡德牵害,见到这两口尸骸移在自家门口,已经是心急万分。再加上着急进城报案,当时就没敢再细看那尸身。而且这个尸体倒在那个姓徐的尸骸下,小人看到那个姓徐的尸体没错,就以为这个也不会错了。谁料到又出了这个疑案?小人实在是无辜,求太爷开恩。"狄公见他这样说,心下想道:"我昨天前来,看到这两具尸骸的确是一上一下倒在面前的。既然他说这里有错误,这案子倒是有了些眉目。先把胡德带来问一下再说。"

胡德听见狄公传他,就带着刑伤,同乔泰两人走上前来。狄公说:"你这狗头,移尸害人!既然你说这两个人是孔万德杀害的,这尸身的面目你一定亲自见过了。究竟这两人是何模样,赶快说出来!"此时,胡德听说其中有了差错,狄公又问他这话,深恐在自己身上追寻凶手,便急忙禀告说:"小人初见那尸体,的确是一个少年,一个已有胡须的。因为孔万德不同意小人停放,两人匆匆进城,以致同放在了一处。全十是不是真的错了,小人前天晚上没有亲自看到那两个客人,不敢胡说。"狄公当时又将胡德打了一百板子,说他报案不清,反来牵连百姓。

随后,狄公又将前晚那三个同样住店的客人传来问话。大家都说那两个客人全是少年,这个有胡须的实在没有投过店,不知是哪儿的人,又为何被杀。狄公说:"既然这样,本县已经明白了。"随即让仵作依法行事,将那有胡须的尸体也做了检验。接着,又说:"这口尸棺先放在这儿吧。这人的家属应该离此不远,本县先将它标封,出示招认的通告。等到凶手被缉获了,再来定案。至于孔万德,就先放回,胡德仍旧收禁。"吩咐过后,狄公一行便离开了六里墩。

狄公回到衙门,将两日积下的其他公事办完,就把乔泰、马荣传来,说:"此案本县已经有了眉目。杀人者肯定是那个姓邵的。所以务必要将他抓获。你二人现在就出去探访,一旦拿获了凶手,立刻回来禀告。"乔、马二人领命出去了。狄公又将洪亮喊来,说道:"那口无名的尸骸,恐怕就是当地的居民。你先到周围的乡镇去访察一下。"洪亮领命出去后,却一连许多天都访察不出什么来。狄公心里着急,想道:"本县自从担任此职以来,破解了许多疑案。但这个案子,明明已有了眉目,怎么又如此难破呢?等本县亲自访察一番,再做决定吧。"

第二天一早,狄仁杰换了一套微行的衣服,装成一个卖药医生就出了衙门。在街市上走了半天,也没有一个人过来治病。狄仁杰就走到一家典当店的门口,将药包打开,拿出草药,便高声喊着:"本人名叫仁杰,自幼通读奇书,医术高明。无论哪种疑难杂症,只要经我医治,保证轻者当面见效,重者三天病除。哪位有病症的就到我这来诊治一下吧。"喊了一会儿,狄仁杰的身边便围上了一圈闲人。都是一些乡村居民,在那你言我语地议论。

其中有一个中年妇人,弯着腰,挤在人群里面,望着狄公说完了话,就问道:"先生你既然这样说,想必那些老病症也都能治了?"狄公说:"当然了。如果没这本事,怎么能说那大话呢?你有什么病,就快说吧。"那妇人说:"我这病在心里,先生你能不能治呢?"狄公说:"有何不能?你有心病,我却有心药。你转过身来,让我仔细看看。"那妇人就将脸转向人群外面。

狄仁杰因为她是个女辈，自己又是当地的父母官，虽说是为了访案才给人看病，但在这众人面前看一妇人，总是不大雅观。于是仅仅望了一眼，就说："你的病，我已知道了。你脸色干黄，青筋外露，应该是从前受了闷气，以至于日子长了，引动了肝气，所以才会时常心痛。"那妇人见他说出了病因，立刻说："先生真是神仙，我这病已经有三四年了，从来没人能看出个缘故来。先生既然知道病因，不知是否有药来医治呢？"

狄公见她已相信了自己，便想探探她的口气，问道："既然这病已有多年了，你难道就没有丈夫或儿子，代你去请人医治吗？怎么就让你拖了这么长时间呢？"那妇人叹了口气，说："说来也是伤心。我丈夫很早就亡故了，只留下一个儿子，今年二十八岁，就在这镇上开一家小绒线店，娶了一个媳妇，也有八年了。去年五月端阳节，我儿子带着媳妇和我那小孙女出去看闹龙舟。傍晚他还和平常一样，到了晚饭以后，突然肚子疼痛起来。我以为他是受了暑，就叫儿媳妇服侍他睡下。哪知到了二更（二更，古代计量时间的一种方法，指夜间 9:00～11:00）以后，忽然听到他大叫一声，我儿媳妇就哭喊起来，说他身死了。可怜我们婆媳两人，如同天塌下来一样，眼看就断绝了宗嗣。虽然我家开了个小店，但也没有多少本钱，好容易东挪西借的，才将我儿子收殓了去。只见他临殓的时候，两只眼睛像灯球那般大，露在外面。可怜我从此日夜痛哭，就得了这心疼的毛病。"

狄公听了这番话，心下怀疑道："临死时会喊叫？收殓时又两眼暴露，莫非其中有什么事情吗？我今天本是为了访案而来，或许这姓邵的没有访到，反倒先代这人伸了冤情。"于是说："照这样说，你的病是很厉害了。这是骨肉伤心、心内怨苦所致啊。我这里虽然有药可治，但也要自己煎药配水然后喝下，才会有疗效。如果你一定要医治这病，就只好到你家中去煎这副药了。"

那妇人听他这样说，犹豫了半天，才说："有一件事先与先生说明白吧。自从我儿子死后，我儿媳妇立志守节，轻易不见外人，到了傍晚就将房门紧闭。只要有外人进来，她就会吵闹不休。所以，我家从没有男人上门，最近连女人也都不来了。家里就只有我们婆媳两人，中午前还在一起，午后就各在各的房间里了。先生如果去，千万只在堂屋内煎药，煎完了就立刻出去才好。不然，她又要同我吵闹了。"

狄公听完，心里更加疑惑，想道："世上节烈的人不少，倒没见过像她这么过分的。男人不来与她说话，固然是正理，为何连女眷也不上门？而且午后就将房门紧闭，这就是个疑案。我先答应这妇人前去，看她儿媳妇是什么举动。"想完，说道："难得你儿媳妇这样守节，真是令人敬重。我这次去不过是为你煎药而已，煎完后马上出去就是了。"那妇人见他同意了，非常高兴，说："我先回去说一声，再来请你。"狄公怕她回去被她儿媳妇阻挡，连忙说："这倒不必。早点给你煎完药，我也好赶路进城做点生意。想你是个穷苦人，也没有多少钱酬谢我，不过是借你扬扬我的医名罢了。现在就和你一起去吧。"说着,打起药包,就跟那妇人走了。

过了两三条狭小的巷子,看到前面有一所小房屋,矮门前站着一个大约六七岁的小女孩,远远看见那妇人前来,就欢喜地跑来迎接。到了面前,抓住那妇人的衣袖,口中只是乱叫着说不出一句话来。那个手东指西画,不知道为了什么。

那妇人先推开门进去,应该是到里面报信去了。狄公怕她儿媳妇躲避,也就紧跟着进了大门。里面原来是三间房屋。只见那个位置较低的房内,有人走出了房门,半截身子向外一望,恰巧与狄公打了个对面。狄公也就望了一眼,但见那个媳妇年纪也就三十以下,素妆打扮,眉梢上起,面孔雪白,两颊上那微微晕出的淡红,更是生于自然。见有陌生人进来,随即将身子向后一缩,"扑呼"一声将房门紧闭。只听她在里面骂道:"老贱妇,连这卖药的郎中也带上门来了! 真是晦气!"

狄公见了这种情况,已经猜着了八分,心想:"这个女子必不是个好人,其中肯定有事。我既然到了这里,无论她如何毁骂,也要访个清楚。"当时就坐了下来,说:"我初次来到您家,还不知道您家人尊姓。刚才那小女孩,想来应该是你的孙女了?"那妇人回答说:"我家姓毕,我儿子名叫毕顺。可怜他死去之后,只留下这个八岁的孙女。"说着,将那个女孩拖到面前,两眼禁不住地滚下泪来。狄公又问:"您孙女不会说话的毛病,究竟是怎么引起的?"毕老妇说:"这都是家门不幸啊。这孩子刚生下来时,真个是伶俐聪明,五六岁时,口齿就非常爽快。但在她父亲死后不到两个月,有天早上起来,就变成了这副样子。好好一个孩子变成了这样,难道不是家门不幸吗?"狄公说:"当时她是和谁一起睡的?难道是有人药哑的?你也不追根地查查。如果是有人药哑的,我倒还有办法给她医治。"

毕老妇还没回答,她那儿媳妇就在房内骂了起来:"青天白日的,就在那没影没形地说鬼话!骗人家钱财,也用不着这样吧。我女儿整天和我在一起,有谁去药哑她?这老贱妇一时高兴,就带回这么个人来家看病。也不问问他是谁,就在那听他胡说。儿子死了也不伤心,还看不得寡妇媳妇清净两天。"唠唠叨叨说个没完。毕老妇听她媳妇在房间叫骂,只是不敢开口。

狄公想:"这个女子肯定是外面有了奸夫。都是她婆婆认不清人,以为她在安心守节。依我看,这毕顺一定是她害死的。天下的节妇没有不孝顺的,既然把丈夫看得很重,丈夫的母亲有病,又怎么会不给医治?还有那个哑女孩是她养的,听到有人能医治哑病,应该高兴才是,怎么一点都不关心,反而骂个不停?这两点明明都是破绽。我暂且不去惊动她,等回到衙门再细细访问吧。"当时便站了起来,说:"你家这女人无缘无故地就出口伤人,我本来也不图那治病的银子,何必受这个闲气!你再请别人医治吧。"说完,起身就走出了大门。毕老妇也不敢挽留。

狄公来到镇上,见天色已晚,便来到一家客店,要了一个单人客房住下。一个人在房中喝了会儿酒,又想起六里墩那起杀人案,心说:"这店中客人很多,或许那个姓邵的凶手就混在里面呢。反正现在也没什么事,何不出去查查看呢?"于是,自己走出了房门,先朝店门外面看了一回,发现街道已到了上灯的时节,那往来的客商却仍然络绎不绝。

正出着神,狄公忽然望见对面来了一个人。那人想走来打招呼又见旁边有两三个闲人,而迟迟不敢过来。狄公不等他开口,先说出一番话来。未知此人是谁,狄公又说出何话,且听下回分解。

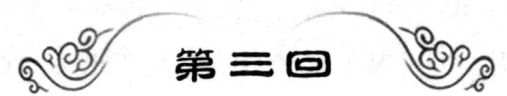

第三回
接旨令洪亮访案
诡狡辩恶妇上堂

却说狄公在客店门口，见对面这人，犹豫着不敢过来，就说："洪大爷从哪儿来的？今天可真是巧遇啊。干脆就来这店内一起歇息吧，我俩也好有个伴。"那人见狄公说了这话，不再担心别人识破，就走了过来。原来那人正是洪亮，奉了狄公的命令，在昌平四乡附近，寻找那六里墩的凶手。但一连访问了数天，也没找到一点消息。

两人来到狄公的单人客房，洪亮便将这些天的访察情况做了禀报。狄公说："这案子看来一时也是不能破了。我今天在此地又发现了一件疑案。"随即就将如何卖药又如何发现毕老妇家的事说了一遍。洪亮说："照这样看来，这事实在是可疑。但这事既没被告发，又没什么蛛丝马迹，该怎么办呢？"狄公说："今晚定更以后，你再到那狭巷里面巡视一番，到附近查访一下毕顺死时是什么情况，现在的坟墓在哪里。问明白后回来禀告。"

洪亮领了命令，不到二更时分，就来到街上，依照狄公所说的路径，转弯抹角地到了狭巷，果然看见一个小小的矮屋。洪亮在巷内走了几次，就是不见有人来往，心里想："难道时候还早?我先到镇上闲游一回,然后再过来。"想完,又走出了巷口。这时,镇上的所有店面都还没关门。远远看到前面有个澡堂,洪亮想:"何不在这里洗个澡,如果碰着闲人,也可趁机问问话头。"

进了澡堂,洪亮找了个地方坐下,就问里面跑堂的堂倌:"你们昌平县最近有什么新闻没?"那堂倌见洪亮是个外地口音,就说:"你客人来迟了,如果早来几天,就知道六里墩镇出了个命案,很是奇怪。"接着堂倌就将那命案说了一遍。

洪亮进池子里洗了一会儿,又问那人说:"我昨天来到这里,听说这里的龙舟划得很好,到了端阳节就可以瞧见。怎么去年大闹瘟疫,有人看过划龙舟后就死去了呢?"堂倌笑着说:"你这个客人,真是幽默!我生在这儿长在这儿,从没听过这种奇怪的话。你是从哪儿听来的?"洪亮说:"我刚听说的时候也很奇怪。说是前面斜巷的那个毕家儿子,就是看过龙舟后死的。你们都是邻居人家,究竟有没有这事呢?"那个堂倌还没开口,旁边一个十几岁的后生接过说:"是有这事。但他不是因为看过龙舟才死的,听说是夜间腹痛而死的。"

"要说这事真是令人奇怪。"前面又有一个人对着那堂倌,说,"毕顺那人那样结实,怎么回家时还正常,到了夜间喊叫一声就死了呢?听说他的坟上还时常作怪!这事可不是个疑案?他那媳妇你后来还见过没?"堂倌说:"你也不要胡说,人家青年守节,现在连房门也不常出去。要是有别的缘故,怎能这样耐心守寡呢?至于那坟上作怪,高家洼那个地方尽是坟冢,怎么见得就是他的那个呢?"那人说:"我也不过是闲谈罢了。可见人生在世,真如浮云过眼呀!那毕顺死后,女儿又变做哑子,岂不可叹!"说着穿好衣服,走了出去。

洪亮给了澡钱,又来到狭巷走了两趟,仍然不见动静,就折回到客店,将听到的话给狄公说了一遍。狄公说:"既然这样,明天就先到高家洼看视一下,再去访察。"

第二天一早,两人就来到镇口,找到了高家洼。但见这里荒烟蔓草,白骨累累,许多坟地列在面前。洪亮说:"太爷,你看这一望无际的坟墓,知道哪个才是毕家的呢?"狄公说:"本县来这里就是专为他伸理冤屈的,虽然阴阳两隔,但以我这诚心,岂能没有灵验?如果毕顺真是受屈而死,死者有知,自会显灵。"说着就向坟冢一带四面默祷了一遍。

此时正是中午时分,突然日光惨淡,当地就起了一阵怪风,只见半空中,一个黑团,直向狄公面前扑来。洪亮见了这光景,早已唬得面如土色,紧紧地站在狄公后面。狄公说:"狄某虽然知道你是冤屈的,但这里荒冢如云,怎么能知道你的尸骸在哪里呢?还不快在前面引路。"说完,只见那阴风越飞越远,过了几条小路,远远看见一个孤坟堆在前面,那风吹到那里,忽就不见了。

狄公对洪亮说:"你到附近去找个当地村民,问问这坟墓究竟是不是毕家的。"洪亮领命去了。约有一顿饭的工夫,带来了一个白发老翁。狄公问他说:"我看这座坟地的地运不错,不过十年,子孙肯定大发啊。所以问你一下,你知不知道这地是谁家的?愿不愿意卖呢?"老汉听完,冷笑了一声,转身就要走。又被洪亮赶上一步揪了回来,只得说:"不是我不同他谈论，只是这话也说得太离谱了。他说这坟地子孙高发，现在这人家后代都已经绝嗣了。自从他葬在这里，我们土工从未见过他家有人来上过坟，现在连女儿都变哑了。这坟地的风水还能有什么好处？岂不是在信口胡说！"说着，将洪亮的手一拨，就匆匆离去了。狄公等他走远了，才说："这肯定是冤杀了，否则，怎么会如此灵验？我先同你回城再说吧。"

第二天，两人回到衙门后，狄公先派人将皇华镇的地甲何垲、高家洼昨天问话的那个老土工唤来。随即，狄公坐到公堂上，先问何垲，说："你们镇上的毕顺究竟是如何死的？你既是地甲，就赶快从实说来！"何垲当即回答说："毕顺死后，他家属没有报案，邻居也没有控告的。小人实在不知道他的死因，不敢胡说。"

狄公又命人把那个老土工带上来。那老汉听见县太爷传唤自己，战战兢兢地跪倒了案前，说："小人给太爷请安。"狄公见到他这副模样，想起昨天他气愤跑开的情景，不禁觉得好笑，就问："你抬起头来，看一看，可认得本县？"老土工抬头一看，早吓得魂飞大外，只是在地下不住地磕头，说："小人该死！小人不知是太爷，下次小人不论见着什么人，都不敢如此了。"众差一看这情形，才知道狄公又出去私访过了。

狄公说："你既然知道那个坟冢是毕家的。那么他被葬的时候是什么情形？由什么人送来的？为何他的女儿变成了哑子？你都要从实讲来。"老汉见当地父母官又问起这事，立刻就说出一段往事来：

"去年端午节过后才三天，就有两个女人送来一个棺柩，说是镇上毕家的小官。来送的人，一个是他母亲，一个是他媳妇。小人本想把他葬在那乱冢丛里，谁知到了棺柩前面，忽然听到里面'咯咋咯咋'响了两声。小人当时被吓个不行，就向他母亲说：'你这儿子身死不服，现在还在响动呢。莫非是你们入殓早了点？他究竟是得了什么病死的呢？'他母亲还没开口，他媳妇就冲着小人一顿哭骂，说我把持着公地，不许她埋葬。那个老妇人见她这样说，也跟着和小人吵闹起来。当时因为她们两个是女流，就不与她们争论，但又担心这个死者死得不明，如果依着乱冢埋葬，将来破案时需要开棺查验，岂不是连累了别人？所以小人就将他另外埋在了那个地方。谁知葬下去后，每天一到夜晚那里就鬼叫不止，百般不得安宁。昨天太爷在那里时，不是小人有意冲撞，实在是因为不敢在那里耽搁。这就是小人亲眼看见过的，至于这死者是否真含了什么冤屈，小人就不知道了。还请太爷恩典。"

狄公听完后，说："既然是这样，本县就先放你回去。明天在墓地那儿等着召唤。"随后，又传了堂谕，派洪亮带着差役，当晚赶到皇华镇，明天早上就将毕顺妻子带到案前审讯。吩咐完了，自己退入后堂。

那些差役听了，一个个摇头鼓舌，说："我们在这镇上，每月至少也要来往走动个五六次，从来都没听说过还有这事。怎么太爷如此耳长，六里墩的命案还没了结，又找出来这么个案子来。岂不是自寻烦恼吗？这凭空找出来的事，可让我们向谁要钱去呢?"大家你言我语的,谈论了一会儿,才同洪亮一起前去。

次日,洪亮一行人来到了毕顺家。敲了两下大门,里面有个中年妇人打开了门,看见有三四个大汉拥在巷口内,立刻将两手叉着门扇,问:"你们也知道我家没有男人,只有两代孀居的女人,已经是苦不可言了。究竟还为了什么事,这一早的就来敲门打户?"差人答道:"我们也是奉了上头的命令,县太爷叫你和你家媳妇立刻进城。你不要这样阻拦在门口,这里不是说话的地方。"说着将毕顺的母亲一推,众人一拥而入。

到了堂屋坐下,那下首的房门还没有打开。毕老妇见是公差到此,唬得浑身战抖,说:"我家从未为非作歹过,为什么要让我婆媳到堂呢?难道有欠户告了我家,说我们欠钱不还吗?可怜我儿子死了以后,家中已是度日如年,哪里还有钱好还人?这事可如何是好?求你们公差看点情面,带我在太爷面前先回复一声,我这里变卖了物件,还上人家的债就是了。"说着两眼早流下泪来。洪亮见她絮絮叨叨的,实在是个忠厚无用的人,就说:"你且放心,并不是有债家告你。只是县太爷要提你家媳妇前去问话。你只要将她交出来,或者我们再做点人情,可以不带你前去。"

"我说你们真是县里派来的,原来是狐假虎威来吓唬我们老百姓!"洪亮还未说完,那毕老妇早叫嚷起来,哭着说,"他既是个官长,又没人控告我们,为什么单单地要提我媳妇?可见你们不是好人,看我们无人无势,就想出这坏主意要将她骗去。你既然这样，祖奶奶就同你拼了这老命!"说着，一面哭一面奔了上来，要揪打洪亮。旁边那两个差役忍耐不住，将毕老妇推了坐下，说:"你这老婆子，好不明事! 这都是洪都头格外成全，免得你抛头露面，才说只将你媳妇一个人带去。你不能明白他的好意，反倒说我们是假的，实在是太糊涂了，难怪被你媳妇蒙混。若不是遇到这位青天老爷，恐怕你死到临头还不知晓呢。"

众人正在这里揪闹，下首房内的门扇忽地一响，她媳妇早已站了出来，向着外面喊道:"婆婆你先站起来，我有话问他们。古语说得好，钢刀虽快，不斩无罪之人。他虽是个地方官，也要讲个情理。皇上家里看见守节的妇女还立嗣旌表，从未见过两代孀居，又没做过犯法的事，就被地方官抓了去的道理。他要提我不难，只要他说出我两人犯了何法，那时我也不怕到堂上辩个明白。若是这样提人，到时要是难请我们两人回来，可不要说我得罪了官长。"大家听了她这番言语，如刀削一般的，反都被她给镇住了，都直望着洪亮。洪亮笑着说:"你这小妇人，伶牙俐齿的，怪不得干出那惊人的事件。我们不是昌平县令，只知道凭票提人，你要问，就到堂上问去。"当时丢了个眼色，众人一拥而上将她揪住，推推拥拥地出门而去。那毕老妇见媳妇被人揪了去，哭喊连天，在地下乱滚了一阵。

大约中午时分，众人到了衙门。狄公传令大堂伺候，自己穿好了冠带，升座到公堂上。两边威武一声，早见毕顺的妻子跪在了阶下。

狄仁杰衙堂审恶妇

"小妇人周氏叩见太爷。"狄公还没开口，她已经先问道："不知太爷有什么事情，特令公差专门到镇上提人，求太爷快点判明。我是少年孀居的人，不能久跪公堂。"狄公听了这话，不由不动怒，冷笑着说："好个'孀妇'两字！你只能欺骗那个老妇糊涂，本县岂能被你蒙混！你抬起头来，看看本县是谁？"

周氏听说，就向上一望。这一惊不小，心里想道："这明明是前日那个卖药的郎中，怎么就做了这昌平的知县？怪不得我这几日心慌意乱的，原来是出了这事。"心内虽然十分害怕，声音反倒高起来，问："小妇人前日不知道是太爷前去，以至于出言冒犯。太爷是个清官，难道要为这事迁怒于我吗？"狄公大喝，说："你这淫妇，你丈夫正是少年，理应夫妇同心，百年偕好，为什么心存恶念，与人通奸，反将亲夫害死？你以为本县改装私访是为了何事？只是因为你丈夫阴灵不散，前些日在本县这儿告了阴状。谁知你目无法纪，毁谤翁姑，这忤逆之罪已经不可饶恕。你快快从实供来！"

周氏听说她谋杀亲夫，真如当头一棒打入脑心，真魂早已飞出了神窍，未知周氏做何回答，且看下回分解。

第四回
贤县令开棺验尸
恶妇人阻挡收棺

　　且说周氏听了这一番言语，真个是当头一棒打入脑心，真魂早已飞出了神窍，便赶紧回答说："太爷您是百姓的父母，小妇人前日实在是无心冒犯，您怎能在这小事上想出这诬陷人的罪名？人命关天的大事，太爷您可不能任意冤屈呀！"狄公喝道："本县知道你是个利口，不拿证据给你，谅你也不会承认。你丈夫在阴状上写明了你的罪名，说他身死之后，你怕他女儿长大后泄露了你的丑事，便与奸夫合谋将她药哑。前日本县也已亲眼看到了，你还有何抵赖？"

　　那周氏在下面只是呼冤不已，说："有影无形的，起了这层风波。虽是用刑拷死，也不能胡乱承认啊。"狄公听了，大怒，说："你这淫妇，胆敢当堂顶撞本县！拼了这顶乌纱帽不要，担了那残酷的罪名，我倒要看你还能不能熬刑抵赖！来人，先将她拖下，鞭打四十！"一声招呼，早上来许多差役，将周氏上身衣服撕去，吆五喝六的，直向脊背打去。那周氏被打了四十大鞭后，也只是呼冤不止，向着堂上说："太爷你想用刑招认，除非是三更梦话！你说我丈夫身死不明，告了阴状,这事谁来作证?他的状又呈在何处?你今天为了私仇,前来诬陷,别忘了上司衙门还没曾关闭。就算官官相护,告你不倒,阳间受了你的刑辱,阴间也要告你一状。拼了这一命,你这乌纱也莫想要戴稳了。"当时在堂上哭骂个不停。

狄公见她如此利口,随即又叫人抬来夹棍伺候。周氏到了这个时侯,仍然矢口不移,喊冤不停。狄公说:"本县也知道你又泼又淫,量你这周身皮肤也不是生铁浇成。你一日不招,本县就一天不松刑具。"说着又令左右差役动手。

此时,那些差役看到周氏这般辩白,彼此都互相观望,一来也觉得告阴状的事,确实是无中生有;二来怕将这周氏打死了,会牵连到自己。于是便没人上前。

"此案本县已经亲自访问过了,如果等人去告发,恐怕这死者的冤屈再也不能伸了。本县还在这里做什么县令?"狄公大怒,又说,"既然你们不敢用刑,本县明天就开棺验尸。那时如果没有伤痕,我也心甘情愿接受处罚。但这案子却不能不办。"当时就叫人将周氏先收押下去,一面出签提毕顺的母亲到案,然后命令值班的差役到高家洼安排尸场,预备明日开棺。

这差票一出,所有昌平县的差役都为狄公捏一把汗,都认为这事不比儿戏,假如真的验不出什么来,岂不白送了自己的性命和前程?

第二天一早,等狄公起身,差役便将毕顺的母亲带上。狄公问道:"本县前日到你镇上,只是为了你儿子的事。因你儿子被你媳妇害死,所以在本县这告了阴状,求我为他申冤。可恨你那媳妇坚决不承认,反说是本县有意诬陷。如果不去开棺检验一下,这事就无法分辨清楚了。死者是你的儿子,所以今天特地带你前来,以问一下你的意见。"

那毕老妇听了这话,哪里肯答应,立刻回答说:"我儿子已死了一年多,为什么还要翻看尸骨?太爷说代我儿子申冤,我儿子根本就无冤可伸。你们为何还要将我媳妇一阵乱打?这事无凭无证的,你既是个父母官,就该访问明白。今天你若不将我媳妇放出,我也不想回去了,拼了一条命死在这里,也不能听你胡言乱语,害了活的又寻找那死了的。"说着就在堂上哭闹个不停。

狄公见她真是无用老实的人,一味替媳妇说话,心下很是着急,说:"你这妇人如此糊涂,怪不得在你儿子死后深信不疑。本县既是这地方的官府,就不能见冤不伸。即便毁了这乌纱,也要辨明个水落石出。这开验是做定了的!"说着,令人将毕老妇带了下去。

狄公又对那周氏说:"今天带你们婆媳二人前往开验,看你还有何话说。"周氏见狄公这般厉害,心下想道:"不料他这样认真!这回去若验不出什么来,不如就趁机咬他一下,叫他知道我的厉害。"当时回答说:"太爷你挟仇诬陷小妇,与死者何干?我丈夫已经死有一年了,忽然就开棺乱翻,又是什么道理?如果尸骸上没有伤痕,太爷也得看那律例上的处分,自个儿承认,总不能拿着国法为儿戏,一味地诬陷百姓。"

狄公冷笑一声,说:"本县要没这胆量,也不敢穷追此案。

我已向你婆婆说明，如果死者没有伤痕，本县自会主动革职治罪。你也别妄想用这话来吓唬谁。"随即，狄公带着刑仵、差役等人，直向高家洼走去。一路之上，那些百姓听说要开棺验尸，都说是轻易见不着的事，无不携老扶幼，跟着轿子前去观看。

一行人来到高家洼，只见坟冢的左边已搭好了芒席棚子，里面设了一张公案，所有听差的人都在右边的芒席棚子下，挖土的器具也都放在了坟墓前面。狄公下了轿子，先到坟前仔细看了一遍，随后向周氏说："这一开了棺，可就苦了那具骸骨。你既是他的结发妻子，不管你曾经怎么谋杀他，到了这时也该祭拜一下。"

可怜那毕老妇眼看儿子就要被翻尸倒骨，不禁一阵心酸，早忍不住对着那周氏，号啕大哭起来。

只见周氏高声说："我看你也不用哭了，平时在家就容不得我安静。没事地又带了个人回来，平白地找出这场祸事。现在哭也没用了。既然要开棺验尸，等他验不出伤来，那时也不怕他是官是府，仅那个反坐的罪名，也不容他不去承受！叫我祭拜，我祭拜就是了。"当时将她婆婆推了过去，自己走到坟前，拜了两拜。不但没有伤心的样子，反而露出那淫泼的气象，又向那老土工骂道："你这老狗头，多言多语的，这时想着讨好他，等到开验后谅你也脱不了干系！"

狄公见那周氏这样撒泼，心里想："我虽然要为毕顺申冤，心底倒也不是十分确定。所以让那周氏向前拜祭一下，以观察她的动静。作为死者的妻子，看到丈夫被开棺翻骨，应该悲伤才是。哪知她毫不悲苦，反倒露出这种凶恶的样子。还有什么疑惑？必定是她杀的了！"随即命令土工开挖。

不到半个时辰，那个棺柩就露了出来。此时那毕老妇见棺柩已被人挖出，早就哭得死去活来，昏晕在了地上。狄公只得让人将她搀扶过去，自己起身来到场上，先让众差役去打开棺盖。众人领命上前，才将盖子掀下，不由得一齐倒退了几步，一个个吓得吐舌摇唇，都说："这可真是奇怪了！即便是生死不明，也不至于过了一年多，两只眼睛还这样睁着。你看看这样子，岂不是很可怕！"狄公听见，也就来到了棺柩旁边，向里一看，果然看见两只眼睛如同核桃一样，露在外面，一点光芒都没有，只见那灰色的样子，实在是骇异。于是说："毕顺，毕顺，本县今天特来代你申冤，你若有灵，就赶紧将两眼闭去，好让众人上前查验。无论如何，将你这案子审讯明白就是了。"这话刚刚说完，那毕顺的眼睛就闭了下去。

当即狄公转过身来。其中有几个胆大的差役，先动手将毕顺抬出了棺木，放在尸场上面，先用芦席遮住阳光。仵作将尸身的衣服轻轻脱去。那身上的皮肤如同灰土，且已朽烂不堪，许多碎布贴在了上面。狄公命老土工找一块宽阔的闲地，挖一个深塘，又向附近人家借来一口铁锅，就在那荒地上与众人烧出一锅热水。先用软布浸湿，将尸身上的碎布擦去，再用热水将尸身上下洗了一次。然后仵作取来一斗碗高粱烧酒，四处喷了一会，再用破布将死者盖好。

此时，尸场上人山人海，都挤作一团，在看那仵作开验。只见仵作从尸体头脸开始，一步一步直到小腹为止，都不见禀报伤痕。众人已经很是疑惑。又见他与差役将尸体翻过脊背，从头顶上直验到谷道，仍和之前的一样，不见禀报出任何伤痕。狄公这时也着急起来，下了公案，来到场上望着众人动手。众人又验到了下半部，从腿部的所有皮肤到各个骨节，全都检验了，只是不见一点伤口。

仵作只得来禀告狄公，说："毕顺身体外面没有伤痕，现在只好将银签插入他口中，看他是否是被毒害的。请太爷示下。"狄公还未开口，那周氏就一把揪住仵作，怒骂："我丈夫已死一年，太爷无故诬陷，说他身死不明，要来开棺检验。现在浑身查不出一点伤口，又要用银签入口，岂不是拿话哄人？这世上哪有周身无伤无毒而体内含毒的道理？他不懂这道理，你是专做这的，为何要顺着他的旨意让死者来吃这苦头？这事万万不可行！"揪了仵作，哭闹个不停。

狄公说："本县已与你有言在先，如果死者无伤，情愿反坐。但是历来验尸，若外面没有伤痕就必须检验内腹，这也是定律。你怎么能揪着公差胡乱撒泼，难道不懂王法吗？还不快放下，好让他检查腹内。"周氏听了，说："我看太爷也不必认真。就怕到时找不到毒物，那反坐的罪名，太爷一人也承担不来。"一番话说得仵作不敢再动手。

狄公也不听那周氏又说什么，只命令仵作照例检验。只见众人先用热水灌进那尸身口中，轻轻在胸口揉了两下，再从口中将水倒出。两三次以后，将一根细银签子，约有八寸，由喉中穿了进去。停了一会儿，请狄公起签。狄公见那仵作将签子拔出，签子却依然颜色不改。到了这时，也不免着急起来,却转身向周氏说:"既然死者身上没有检验出伤痕,本县自当按照律法,请求惩处。但死者已经受苦,不能再抛石露骨的抛弃在这里,先将他收棺标封吧。"

周氏不等他说完,早将原来的那副棺木打得四分五裂,哭着说:"之前就告诉你是病死的。你这狗官偏要开棺验尸,现在没有伤痕就想收殓了。这官就是这样做的吗?我等虽是小老百姓,也不能无辜遭受这般践踏。既然已经开了棺,就不能收殓。一天这案子不结,一天就不能收棺!"说着,就奔了上来,揪着狄公撒泼。那毕老妇见媳妇这样,也跟着跑到前来,两人合在一处,闹骂个不停。

狄公到了此时,也只得听任她们缠扰。周围的人见狄公这样受窘,知道他是个好官,都上来劝那周氏。好说好劝的,周氏也不好再坚持,心想:"我不过要借这一闹,好阻止他下次再验。难得他要收棺,随后也应该没事了。"又骂了几句,便松下手来,让众人去收拾。无奈那口旧棺已被她打散,只得让差役跑到镇上再买一口薄棺。重新将死者埋葬后,狄公带领众人来到镇上的客店住下,毕老妇先释放回去,周氏仍旧管押。

各事吩咐完毕,已经上灯许久了。狄公心下很是疑虑。只见洪亮从外面走了进来,向着狄公说:"小人奉命访查。听与毕顺比较熟悉的邻舍讲,那周氏在毕顺生前,时常在街前嬉笑,没有一点妇人的样子。毕顺虽然管过她几次,也只是吵闹个不休。等到毕顺死后,她反倒终日不出大门了。单这一点就让人疑惑。看来,那死者不管是否验出伤痕来,都必是冤屈无疑了。"

　　两人正在客店里商量着，忽然听到外面人声鼎沸，一片哭声传到里面。洪亮起初以为是那毕老妇前来胡闹，等到赶上前去访问，方知另有其人。不知来者是谁，且听下回分解。

第五回

求灵签隐隐相合

解梦境凿凿而谈

　　话说狄公与洪亮正在客店商议，突然听到外面有哭声传来。洪亮本以为是那毕老妇前来胡闹，等到赶上前去，才知道是六里墩被杀的那个无名男子的妻子前来喊冤。洪亮当时就禀告了狄公，吩咐差人将她带进来。狄公见是个四十开外的妇人，蓬头垢面的，一进来就大哭不止，跪在地下直呼"申冤"。狄公问她："你是哪里人？怎么知道那人就是你丈夫？从实说来，本县好让人加以缉捕。"那妇人说："小妇人丈夫名叫汪宏，专以推车为生，家离六里墩约有三四十里路。那天，我丈夫三更时起身到曲阜去帮人报信，本来一天就能赶回的，谁知到了晚上还不见回来。起初小妇怀疑他遇到什么事给耽误了，后来等了几天，去过曲阜的人都回来了，反倒说根本没见过我丈夫。小妇人听了这话，惊疑不定，就亲自出去寻找。哪知走到六里墩，看见有一口棺枢正在招人认领，听那提到的身材、年龄，正是我丈夫汪宏，不知何故已被人杀死了。这样的冤屈，还请太爷一定要查个清楚啊！"

　　狄公见她说得真切，只得解劝了一番，给她一个缉获凶手的期限。又给了她十吊钱，让她将尸枢领去。那妇人方才退出。

狄公一人闷闷不乐，心想："我在此地，若不能将这些无头疑案审判明白，怎能对得起这里的百姓？六里墩那案件还算有点眉目，只要将那姓邵的抓获，一审问便可清楚。只有毕顺这事，验不出伤来，那周氏又如此凶恶，该怎么办呢？我又不能为了自己的功名，不再代他申冤。现在只有回到衙门，默祷阴官，求他暗中指示，或许才可破了这两个案件。"

次日一早，乘轿回衙。先绕道来到六里墩，看那汪宏的妻子将尸棺领走，才转过方向，回到衙门。

进了衙门后，狄公先将毕顺案件的来龙去脉与请求惩处的表章写好，才斋戒沐浴，随后只带着洪亮一人来到县庙里。早有主持迎接上来，在殿上点了香烛。狄公命他先出去，自己在殿上行礼已毕，便坐到蒲团上。约到定更以后，复到神前祷告一番。祷告完，又到蒲团上坐定，闭目凝神，等待鬼神显圣。

哪知狄公因为这连日来的许多事件团积在心里，以致心神不定。此时在蒲团上坐了好一会工夫，直到二更时分，依然不曾闭眼。无奈，只好一个人在殿上闲走了几趟。转眼忽然看见神桌上摆着一本书，狄公想："常言道，观书引睡魔。我反正也睡不着，何不拿它消遣一下呢？"便走了过去。取来一看，却见是县庙内一本求签的签本。狄公暗喜道："既然有签本在这儿，何不来求一签呢？"随即将签本重新放到神案上供好，添了香火，自己在蒲团上拜了几拜，又祷告了一回，伸手在上面取了签筒，"嗦落嗦落"摇了数下，里面早掉出一条竹签来。狄公赶着过去，将签条拾起，只见上面写着四句：

> 不见司晨有牝鸡，为何晋主宠骊姬？
>
> 妇人心术由来险，床第私情不足题。

狄公看完，心下疑惑不决，说："这四句说的与毕顺的案件相像。那周氏不但杀害亲夫，还骂她婆婆，心术岂不险毒？但这签句虽是暗合，但仍旧不能破案。该如何是好呢？"自己在烛光之下，又细看了两回，总也想不出别的解说来，只得将签本放下。又觉得自己已经困倦，便转身来到上首床上，和衣躺下。

朦胧之间，只见一个白须老人来到面前，喊道："贵人连日辛苦了！这里寂寞，何不随我到那茶房品品茶，听那来来往往的新闻呢？"狄公看他好像一个熟人，就跟他一起来到街坊上面，果见这里三教九流，热闹非常。走过两条大街，来到一座大茶坊前，但见上面写着"问津楼"三个字。两人入内，过了前堂，看见一方天井，中间有一个六角的亭子。两人进了亭子，拣着其中的一张空桌子坐下。狄公抬头看见亭子上面有一块匾额，上面写着"指迷亭"三个字。亭口一副黑漆对联，上联是：

> 寻孺子遗踪，下榻传为千古事。
>
> 问尧夫究竟，卜圭难觅四川人。

突然，狄公发现自己坐的地方并不是一个茶坊，而变成了一个要戏场子，敲锣击鼓，满耳冬冬，不下数百人在围着一个大圈子。圈子里有舞枪的、弄刀的，也有跑马卖线破肚栽瓜的，种种把戏，不一而足。中间有一个女子，三十岁左右，睡在方桌上，两脚高高抬起，正将一个头号坛子打耍得滚圆圆的。就在这时，对面出来一个后生，生得面如傅粉，唇红齿白，见了那个女子，不禁嘻嘻地一笑。那女子见他前来也非常欢喜，喊叫一声："我的爷呀，你又来了。"然后，两足一蹬，将坛子踢到半空，身子一拗竖立了起来，再伸出右手将坛底接住。忽然从坛口跳出一个十一二岁的女孩子，挡住那男子的去路，不准与那女子说笑。两人正闹着时，突然看把戏的人都纷纷散去了，顷刻之间，一个人都不见了，包括那个坛子以及后生、女孩都不知去向。

狄公正在诧异，带他前来的那位老人又站到了他的面前，说："你看了下半截，上半截还没看呢。快快跟我来吧。"狄公也不知他究竟是何意思，只是不由得随他走去。走过了许多荒烟蔓草的地方，但见一些奇禽怪兽盘了许多死人在那里咬吃。狄公到了这时，不觉得，心里恍惚惧怕起来。他又瞥见一个人睡在地下，自头到脚都如白纸一样，忽然有一条火赤练的毒蛇由那人鼻孔内穿出，直爬到自己身前。狄公吓了一跳，直听到那老者说了一声"切记"，不觉一身冷汗，惊醒了过来，自己原来仍在那庙里面，听听外面的更鼓，刚好正交三更。

在床上定了一定神，狄公便将洪亮喊醒。洪亮将茶壶担揭开，倒了一盏茶递给他喝。等他喝完，问道："大人在这半夜，可曾睡着了没？"狄公说："睡是睡着了，但是心神觉得恍惚。"说着,就将求签的事及签句的破解给洪亮说了一遍。

洪亮说:"从来签上的话都是隐而不露的,照这个签条看,已经是很明白的了。小人不懂什么文理,就不在古人、典故上做推敲了。那签条的首句有'牝鸡司晨'四个字,或许是说天明的时候有什么动静。从来奸情的案子,大都是明来暗去的。鸡叫的时节,正是奸夫偷走的时候。第二句没什么意义。第三句'妇人心险',明摆的是说,妇人夜间与奸夫将亲夫害死,到了天明再装腔作势地哭喊起来。你看这毕顺的案子,不正是亲夫夜间被那周氏给害死的,然后那周氏再大哭大叫的。"

狄公见他这样解释,便问:"照你这样说,也觉得在理。那你看我们又该如何办理此案?"

"这签上的话都显而易见了,还有何难?"洪亮说,"我们多派儿个伙计,白天不去惊动他们。大人您先回衙,将那周氏先放回去。她到了家,如果真没那奸夫则罢了;如若有的话,那奸夫肯定连日在镇上或衙门打听。看见她回去,怎么会不去问?我们就派人在那巷口附近整夜的逡巡,尤其在鸡鸣的时候格外留神。我看用这个办法,没有不破案的道理。"

狄公见他说得头头是道,细想这形形影影的,倒觉得有了几分着落,就说:"这签你是破解得不错了,我求完签后又做了一梦。我且说来,大家一起参详一下。"说着就将这梦里的事又复说了一遍。

"这梦小人也猜不出来,"听完后,洪亮疑惑地说,"请问大人,这'孺子'是指小孩子吗?为何下面又有'下榻'的字面？"

狄公见他不知道这典故，胡乱地破解，就笑着说："你不知道这两个字的缘由，所以分别不出来。这'孺子'不是作小孩子讲的，而是一个人的名字。从前有个姓徐的，叫作孺子，是当地有名的贤才之士。后来有位叫作陈蕃的，就喜欢结识名士，不屑于与别人来往，就只与这个徐孺子相识相好。因为早就听说徐孺子的贤名，所以陈蕃一上任，就准备了一张床榻，以便这徐孺子前来家中居住。徐孺子一走，他再将这榻挂到屋梁上，谁也不能用。这不过是个尊重贤人的典故，不知与这个案子有什么关联？"

洪亮不等他说完，连忙答道："大人不必疑惑了。这个案子必是有一个姓徐的在内，不然就是那个奸夫姓徐，唯恐这人逃走了。"

"虽是这样说，你何以断定是怕他逃走了呢？"狄公问。

"小人也是就梦猜梦。上联头一句说'寻孺子遗踪'，岂不是要追寻这姓徐的意思吗？"洪亮解释说，"这一联有眉目了。现在请大人将'尧夫'的典故，说给小人听听吧。"

"下联就要清楚得多了。因为'尧夫'也是个人名，此人姓邵，叫康节，尧夫两字乃是他的外号。这就暗指那六里墩的案子了。那姓邵的本是要犯，现在访寻不着，不知他是逃到了四川，还是他的本籍就是四川人。"狄公看了看洪亮，重重地说："你们以后访案，如果遇到四川的口音，一定要留心盘问。"

两人谈论了一番，早见窗格上露出了亮光，天已经发白了。大家都无心再睡，收拾梳洗了过后，便一同回到了衙门。

到了书房，先有差役到厨下取了些点心，请狄公食用，洪亮等就在书房院落内伺候。到了辰牌时分，狄公传出话来，令洪亮带着值日差役，将皇华镇地甲提来问话。

下昼时分，那地甲来到了衙中，狄公并不升堂，只将他带到签押房里，才说："毕顺这案子，明明是身死不明的。本县为了给他申冤，反而招来这反坐的处分。你是他镇上的地甲，难道就能置身事外吗？怎么这两日不认真访察，仍旧这般拖拖拉拉？"

地甲见狄公这样说，连忙跪在地下，叩头不止，说："小人日夜都在访察，实在不敢偷懒懈怠。无奈这案子，没个形影儿，所以不能破案。还求大人开恩。"狄公说："暂时不能破案，这事也不能强你所难。只因这案情重大，要访问一个徐姓的男子，这人怀疑是杀害毕顺的同谋。今天命你前来，就是问你，平时在镇上，可曾看见过有什么姓徐的人家与毕顺来往吗？若是看见过，就从实说来，以便本县审问。"

地甲沉吟了一会，望着上面说："小人虽小心办公，但实在不知毕顺生前都结交过哪些人，不敢在大人面前胡说。好在这镇上姓徐的也不多，小人回去挨个儿访查，也能得到点踪迹。"狄公说："你这一去，一定不要声张，有了形影儿，就赶紧前来报信。"地甲领命，退了出去。

这里狄公又命洪亮、差役陶干两人，等到上灯的时候，再出城到毕顺家巷口探听一回，同时暗暗地跟着地甲，看他如何访查。这也是怕万一地甲一个人找到了凶手，独力难支，拿不下凶手,洪亮等也可帮忙照应。

布置完毕,家人掌上灯来,狄公一个人在书房内,将连日积压的公事看了一会。正要睡下歇息,突然窗外"噗咚噗咚"跳下两个人。狄公大吃一惊,不知来人是何方好汉,且看下回分解。

第六回
双土寨狄公访案
丝行店马荣交手

　　且说狄公刚要歇息，突然听到窗外跳下两个人来，着实吃了一惊。抬头一看，原来是马荣、乔泰查访六里墩人命案回来了。

　　请安已过，马荣说："小人这些天虽然访出点行迹，只是还不敢深信，恐怕前去抓人若有了差错，反倒打草惊蛇，或是寡不敌众，所以回来禀明。"狄公说："壮士在什么地方看出了破绽，请快说出来，大家也好一起商量。"于是，乔泰便接下话茬，将马荣与他查访的经历，说了一遍：

　　"小人自奉命以后，就与马荣分头访查。前日走到一个名叫跨水桥的地方，天色已晚，就找了个客店住下。恰巧听见店里有一伙贩卖北货的客人在闲谈六里墩人命案的事。小人就插到他们中间，勾出他们的话来。

　　听那些货商说，他们曾看到一个大汉，三十上下，自己推着一辆小车，车上有两个极大的包裹，行色仓皇，匆匆忙忙地向前赶路。谁知他手忙脚乱，也没看清对面还有人，就撞到了那些货商的大车上，登时，那小车的车轴被震断，包裹也撞落在了地上。那些货商起初以为他心里着急，不来揪打也定要大吵一番,哪知他什么也没说,跳下车来将车轴安好,将包裹从地上拾起。慌乱之间,就弄散了一个包袱,里面露出许多湖丝来。他也不问这丝坏没坏,就直接把包袱装入大包里,推着车赶路去了。听他的口音,正是湖州人氏。这样看,这人岂不就是真凶?明明就是他杀了车夫,匆匆逃走了。

　　小人听那班客商讲完,当时就问清了路径。恰巧马荣也在那家店中住宿,就彼此说了一遍。第二天天还没亮,我们就顺着路径一路赶去。走了三四日,来到一个极大的村庄,见许多人正围着一辆车儿,阻挡他的去路。小人们远远就瞧见,那里果然有个少年大汉,高声骂着:'咱老子走南闯北,天大的事都做过了,还怕什么稀奇的事!损坏你的稻田,也值不了几吊大钱,竟敢约众拦阻。如果好好说,老子给你一包丝货,也抵你们苦上几年。现在既然撒野,就别怪老子动手了。'说着,两手放下车辆,东三西四的,就打得那班人抱头鼠窜。后来庄上又来了四五十号人,各个都拿着锄头农器。哪知他不但不逃走,反而赶上前去,夺了一把铁铲,就摔倒了几个。小人见那人实非善类,想上去捉捕他,又怕拿他不住。便等他将众人打退,继续跟踪他到了一个叫作双土寨的地方。见他在客店里住下,又打听到他要在那里卖货,有几天耽搁,所以赶着回来禀告大人,究竟如何捉拿他。"

　　狄公听了这番话,心下大喜,当时眉头一皱,计上心来,说:"你们可曾访问明白那人的姓名没?真的确定他会在寨内住上几天吗?若是访问得切实了,本县自有办法,也无须多动手脚,就能将那人缉获归案。"乔泰见狄公喜形于色,忙说："小人们确定他会在寨内耽搁几天。至于他的姓名，因为匆忙询问他卖货的根底，一时疏忽，就没能问个明白。不知大人何以知道这个案子可破了呢？"狄公就将在庙里得梦的事说了一遍，并说："卜圭的'圭'字，乃是个双'土'，这贩丝的人就在双土寨卖货，而且又是湖州人，这岂不是应了这个梦？你们二人可换了服色，同本县一起前去。"随后，又对两人嘱咐了一番。马、乔二人领命下来，专等狄公起身。

狄公又安排了一番自己出行期间衙门里要做的事后，就在书房安歇了一会。约到五更时分，起身换了便服，带上马荣、乔泰两人暗暗地出了衙署，真个是人不知鬼不晓，直向双土寨走去。夜宿晓行，不到三四日光景，就到了寨内。

马荣知道这寨内有个名叫张六房的，开了家极大的老客店，水陆的客人都住在他那。马荣先进去同客店的堂倌打好招呼，订好了房间，再走出店门，和狄公将车辆停歇在他家门口。

众人在店内梳洗完毕，早有小二送来了茶水。随后张掌柜的走了进来，问："听小二说，尊客是从北京来此地购买丝货的。本小店这来往商客较多，也都互相照顾。尊客若有需要，招呼一声便是了。尊客想来是初来此地，还不知尊姓大名？"狄公见他动问，就说："在下姓梁，名公狄。往年都在京城做这丝货买卖，从未到过外地去。今年咱们行里的老庄客病故了，所以东家的意思，是让咱们前来做着买卖。谁知在路上又得了病症，耽误了行程。在路上，听人说你们寨内常代商客开卖丝货，行情上又比较美廉，所以就赶着过来看看。

如果这里可以收货，咱也不去其他地方了。"那张掌柜见他是个大本钱的客人，连忙满口应承下来。招呼堂倌置办点心，忙酒饭，照应得十分周到。

到了下昼时分，狄公吃完晚饭，便带着马荣，由张掌柜引路，来到一家专门带人售货的老丝行。恰巧丝行老板外出还未回来，狄公他们便先进来，与这家的伙计聊了一会。

正谈之间，丝行老板从门外走了进来，听完了狄公的买货意思，便说："尊驾来得正巧。最近有一个姓赵的湖州客人，正有一些丝货投在在下的丝行里。尊驾可以先看一看。"说完，起身邀请狄公来到下首的一间房内，打开丝包看了一会。只见包上盖着签记，上面是"刘长发"三个字，里面有几包还斑斑点点的，露出几块紫色来，无奈被那泥土盖在上面，辨别不清楚。狄公看在眼里，心里已经明白了，就转过身对马荣说："李三，我看这一堆丝货光彩混沌，怕是做茧子时蚕子受伤了。你也过来看一看吧。"

马荣会意，约略看了几包，然后指着那有斑点的，说："丝货倒是地道，恐怕这客人一路上受了潮湿，因此光芒不好。不知他现在是否还在这儿？他虽是脱货拿钱，我们也得要斟酌斟酌啊。"狄公听马荣话中有话，就说："这货在下是肯定要买的，就是几包不好的，也可勉强收用。但请这赵客人前来见一面，好借着贵丝行讲明价钱，立刻钱货两清，也免得彼此拖欠牵挂。"

那丝行老板见狄公这样说了，又难得遇到这样的买卖，便叫行里的堂倌去喊那赵客人前来。这边，张掌柜怕耽搁了客店的生意，也起身先告辞回去了。

不多时，果见堂倌带了一个大汉进了门，那大汉正是马荣等前几日所见到的推车的那位。当时却不敢鲁莽，只是望着狄公，丢了个眼色。

狄公会意，将那人仔细打量了一番，暗暗想道："这人哪里是什么贩丝的客商！看他的种种神情，倒像个绿林中的汉子。"丝行老板先赶上去，将先前的事先说了一遍。

那人听完后，转眼将狄公上下望了一回，坐下笑道："我的货的确要卖，只怕这位客人未必真买。"

狄公听见大汉说了这样两句话，心下实实在在地吃了一惊，暗想："这人眼力何以如此厉害？我又没同他同住过一处，他怎么就知道我不是客商？如果身份被他识破，这人的本事也就可想而知了。只怕马荣也未必能将他擒获。"当时便起身作了一揖，说："赵客人请了。"

大汉见他起身，也忙还了一揖，说："大人请坐，小人来迟了，还望赎罪。"这一句更令狄公吃惊不小，只好假装惊异说："尊兄为何这样说话？我们都是买卖中人，为何这样称呼在下？不知兄台尊姓大名？"

"在下姓赵，名万全，在家排行老三。"大汉笑着，说："大人您若有事就请直说，若仅是这样露头藏尾的，实在不是英雄本色。俺今天受朋友托付，来到这里卖货，没想到竟能遇到尊公。尊公您看起来后福方长，正是国家栋梁，现在莫不是正做哪一县的令宰吗？"狄公被他这番话说得哑口无言。

停了半晌，才说："赵兄，你既然知道我的来历，就应该倾心告知真相，以便完结了你的案子。难道你说了这一派大言，是用来恐吓人的不成？"说着，便望着马荣丢了个眼色，自己却起身站到那丝行老板的背后。

马荣到了这时，也不得不动手了，当时就摆起了架势，将门挡住。那丝行老板见他们言语不对，又忽然动起手来，就如同做了梦一般，只是呆呆地在里面叫喊着："你们千万不要动气。生意场中，以和为贵嘛……"还没说完，早见大汉掀去了短袄，袖头高卷，一个箭步踊出了门外。但见左手一抬，用个猛虎擒羊的架势，对定马荣胸口，一拳打来。狄公见了这样，早吓得面如土色，深恐马荣招架不住。只见马荣将身子向左一偏，伸出右手两指，在大汉手寸上面一磕，赵万全果然将手头缩回，不敢前去。马荣见他中了一下，登时转过身子，趁势向他肋下捣去。赵万全一手护定周身，一手向前击中马荣的手掌。马荣便随即改了个大鹏展翅的格式，将身体一纵，约有一二尺高，然后提起左足想踢他的左眼。谁知这样一来，反倒中了赵万全的计策，但见他往下一蹬，两手高举，说声："下来吧！"早将马荣的腿兜住。但听"咕咚"一声，将马荣摔在了地下。

狄公又吃了一惊，深恐那赵万全就此逃走。里面的丝行老板也吓得手足无措，唯恐打杀了人命，就赶出来喊道："赵客人，您是我家的老主顾了，从来不曾鲁莽过，为何今天一言不合就动起手脚来呢？有话就请进来好好说。"

双土寨二雄相交手

众人正在闹着，街坊上面，突然从人群里走出一个二三十岁的汉子，见马荣摔在了地下，赶紧分开众人，高声喊道："赵三哥，不要乱来，都是自家人。"随即来到了马荣面前，叫道："马二哥，你何时来到这里的？为了什么与咱们兄弟斗气？"说着，一手将马荣扶起。

马荣将他一望，心下好不欢喜，说："大哥，你也在此！俺们里面再谈，千万莫放走了这厮，他是人命案的要犯。"

"不会的，这人是俺自幼的朋友，是个生意人。"那人呼散了看热闹的闲人，将赵万全也邀进了丝行里，继续说："二哥您为什么与他交手？他若有什么不是，俺代他给你赔个不是。"

原来此人也是个绿林中的朋友，与马荣受教于同一师父，名叫蒋忠，为人颇讲义气，现在已经改邪归正，在这双土寨当了个地甲。赵万全因为幼年便父母双亡，就跟着蒋忠的父亲学了一身本领，所有医卜星相，件件精通。到了十八岁，就开始做这丝货的买卖。今日赵万全正在蒋忠家抹牌，忽然丝行的堂客过来喊他做生意去，又许久不见回来，蒋忠不放心就过来探望一下，谁知就看到了他正与马荣交手。马荣就将别后几年的事情，以及六里墩命案等，都说了一遍，然后指着狄公，说："这就是俺们的县主太爷，姓狄名仁杰。"蒋忠听了这番话，掉转头望着狄公，跪倒便拜，说道："小人迎接来迟，求大人恕罪。"

狄公连忙扶起他，说："壮士请坐，你也不是在本县管下，哪有迎接之理？但是这桩案件，马壮士既然说明了，还请壮士将这人犯交给本县，以带回查办。"蒋忠还没回答，赵万全连忙说："这事小人也是被人愚弄了。这案子实在不是小人做的，且等小人禀明了大人，就可清楚了。方才马二哥说那凶手姓邵，是四川人。而小人是姓赵，本省人，就这一点就不相合了。但是这人现在的住处、名号，小人却十分清楚。大人先在这儿住上一宿，明天前去，肯定能将凶手缉获。"

狄公听了这话，也只是疑惑，怕那赵万全说的是谎话，只为了趁机逃走，便不言一语。不知后来事态如何，且看下回分解。

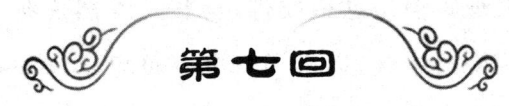

第七回
赵万全侠义相助
邵怀礼喜见旧友

话说狄公心里疑惑，听了赵万全的话后，只是不言一语。马荣看出了他的意思，就说："大人不必疑惑，既然蒋大哥说出了缘故，想来赵兄必不是这案中的人犯。现在就请他将事说得明白，小人好同他前去便是了。"随后，赵万全就说出这段被骗的经历：

"说来真是可恼。这人叫邵怀礼，湖州人，一向与我来往。前月我在湖州时，还看见他同一个人一起前来。最近见到他时，就只见他一人推着一辆车在路上行走。我就上去问他：'你怎么一个人在这里，徐相公到哪里去了？'他立刻向我大哭不止，说那伙伴在路上暴病身亡了。他又说自己为了给他买棺收殓，被耽误了一些时日，货没卖出，现在连身上的路费也都用完了。我看他说得真切，就问他打算到哪儿去？他说暂时不能回湖州，怕徐家的家属在他身上要人。当时就向我借了三百两银子，又将姓徐的这丝货交给我代卖。我当时只当他是好心，谁想他竟做出这般伤天的坏事，岂不是连我也受了他的愚弄？"

狄公听了这话，连忙问："照你这么说，他已经走远了。那你可知道他现在哪里吗？"

"大人有所不知，"赵万全说，"这人有个师父，是我的同门师兄，先前以为他是个诚实的后生，就将女儿嫁给他。谁知过门不久，夫妻不和，竟把这妻子给活活气死了。后来才听说，是他在外面有了相好。那相好也是一个有夫之妇，住在一个叫作齐团菜的地方。咱们只要将这个地名访出来，就好办了。"

狄公听后，也就深信不疑，只是齐团菜这个地名从未听说过，问在场的人，大家也都说不清楚。眼看天色不早了，狄公怕乔泰在客店着急，就邀请赵万全到客店里共饮一番。赵万全也不推辞。

到了店中，备好酒肴，众人也不分什么主仆上下，便一起入席饮酒。席间，乔泰建议说："以小人愚见，大人还是明早先回衙门，派人暗暗访问这个地方。顺便也看看毕顺家的那个案子，洪亮查访得怎么样了。"狄公深以为然。

第二天一早，众人算过房钱，便辞别了蒋忠、张掌柜，一路出了客店，直奔大路而去。在路上，闯关过寨，一路打听，但都没人知道这齐团菜究竟是个什么地方。到了第五天，众人已来到昌平县衙署内。

家人送进茶水，替狄公拂去灰尘，然后禀道："洪亮、陶干自大人去后,已回来过两次,说皇华镇上那些姓徐的户口都是当地的良民,没什么可疑的行迹。每天早晚,洪、陶二人都在巷口昼夜巡查,也只看见毕老妇一个人出入。所以建议大人先将周氏放回,好去观察她的动静。如果只是目前这样,实在是访察不出来什么。"

狄公点点头,当时便传命升堂,先手披目诵,将连日积下的公事办清,随后就将周氏唤到堂前,将她当场释放。堂上,难免又被那周氏冷嘲热讽一番。

随后,狄公退入后堂,将多年的老差役传了几名进来,问起齐团菜这个地方。大家都说未曾去过,就连听都没有听过。狄公见了,自是纳闷儿不已。忽然,里面有一个七八十岁的老差役,白发婆婆的,见狄公问大家这话,他听不明白,就说:"蒲其菜?八月份才有呢。现在虽没到时候,但我家孙子淘气,在家里栽了好几缸,现在苗芽都好高的了。太爷要吃这菜,小人回去拖点来就是了。"狄公见他牵涉得好笑,就说:"你这人下去吧,我不要这物件。"哪知这差役听说狄公不要,怀疑他是爱惜新苗,怕拖了芽子不再长了,就说:"太爷不必如此。小人家这菜不是此地的原种,是从四川寨来的。"

狄公听了这话,不禁觉得触目惊心,诧异道:"我那日在梦中,见'指迷亭'上的对联有句'卜圭须问四川人'。这下三字忽然在老差役口中说出,莫非有点意思?再说从来无头的难案,常是类似无音而破的。齐团菜、蒲其菜、四川寨,口音不正是相似吗?"当时,就向众差说:"你们先下去吧,本县有话要问他。"众人见长官如此,虽心下暗笑他与听力有障碍的人谈心,也只得打了个千儿,退了出来。

这里,狄公问:"你姓甚名谁? 在这衙门当差多少年了?"那人道:"小人名叫应奇,当差已经四五十年了。"

"你方才说,那蒲其菜不是此地的原种,是什么四川寨过来的。本县喜好这东西,你可细细说与我听。"

"太爷要问这地名,除了小的,别人也真的都不知道。他们都说我聋,我看他们反倒不如我晓得道道。太爷平日怜惜我年老,他们就心里不服,人前人后的说小的坏话。"这应奇噜噜苏苏地说完家常,才说:"这四川寨,就是山东莱州府一个地方的寨名。因为前朝有位四川客人那里做买卖,做发了财,因此就建了这么个四川寨。后来时运已过,那家败落没什么名气了,当地居民又以讹错讹,将那个寨子改叫蒲其寨,这也是因为那地方的蒲其体大味厚的缘故。小人早年还没耳聋时,曾经奉差经过那里,同当地的老年人闲谈,才知道这底细的。"

狄公听毕,心下大喜,暗想:"原来'四川人'三个字,里头有这么多转折。照这样看,那邵怀礼必在那地方了。"就对应奇说:"你说这四川寨你曾经去过,本县现在有一个案子,想要差你和我一同前去,你能吃得了这苦吗?"应奇说:"小人两耳虽聋,但手足甚便。太爷如果差遣,岂有不去的道理?"狄公当时很是欢喜,又与其他差役议论妥当,当天夜里,就收拾好包裹,装足了盘缠。

第二天一早,狄公当堂批了公文,应奇在前面引路,众人起身出发。这天,过了登州地界,来到莱州府城内。应奇等先进城找了家客店,又从店小二那打听到,此处离蒲其寨还有七十里路,并打听到这蒲其寨又分东寨、西寨、中寨三处,其中以中寨最为热闹,商客买卖、代人脱货,多在这里进行。至于脱卖丝货的,则以一家名叫"立大缎号"的最出名。而且,最近那家"立大缎号"还刚住进一个要求代卖丝货的客人。

马荣等得了这个消息,便让赵万全先到中寨里打听一番,剩下几个就先找家客店住下,以便接应。众人商议已定。

且说赵万全进了蒲其寨的中寨,果见里面铺户林立,虽然街路是土块筑成的,却也非常平坦。到了四岔口,早有一排楼房列于前面,又过了两三家店面,但见前方有一面招牌高高悬挂,上面写着"立大缎号"四个字。

赵万全匆匆走入里面,向那伙计问道:"请问这里可是立大缎号?"

"招牌在外面,你这厮难道目不识丁,只过来乱问!"里面那人气冲冲地骂。

"你这厮怎么这样无礼?"赵万全登时大怒,说,"老子若认得字,还用得着问你吗? 你又不是害病的,问一句就这样冲撞。"

谁知那人更是个暴烈性子,跳出柜台就高声喝道:"不要走,吃我一拳。"说完,举手就对着赵万全的腰下打来。万全见了笑着说:"这可真是个冒失鬼。问个路,就动起手来。"当时也不着急,提起左腿,对定那人寸关就是一脚。只听"咕咚"一声,那人一个跟头就横在了街上,爬起身来,还要交手。万全哈哈大笑。

两人正闹着,店中早拥出来一班人,将那伙计给拦了回去。当时又上来两人,向万全赔不是。万全正要打听邵怀礼在哪里,店里突然跳出一个人来,高声喊道:"我就说什么人能有这般好身手,原来是赵三哥来了。快请客厅里坐吧。"万全抬头一看,不禁喜出望外:来人正是那邵怀礼。

"不知三哥在曲阜做事,怎么知道小弟来到这里的?这次来有何贵干?"两人刚在客厅坐下,邵怀礼就问道。

"一言难尽。"万全说,"愚兄现在身负奇冤,此仇不能不报。无奈在这里举目无亲,想要回到湖州请人报复,又路途遥远。因为想到邵弟你是个英雄,所以特地前来投靠,还望邵弟助愚兄一臂之力。"随后,赵万全就编出一派谎话,说丝行的老板如何人面兽心,如何吞吃了他的丝价,又如何请了好手将他打伤。

邵怀礼倒也信以为真。但见他起身怒骂:"那厮真是欺人太甚!既然他如此翻脸无情,小弟岂有不助之理。"赵万全又说："愚兄在路上幸亏又遇到了几位旧友，从前也是绿林中人，知道这个蒲其寨，所以就和我一起来这儿。你现在就先同我去找那三位朋友吧。"邵怀礼也不知道底细，就与万全一起走出了店门。

两人正在街上走着，迎面恰好遇到了马荣。万全深恐马荣骤然来问，会引起邵怀礼怀疑，就抢先着说："马大哥，让你待久了。只因我这位小弟苦苦相留叙旧，因此耽搁了时间。现在他们二人找到了公寓没？"马荣见有一人在万全身边，就猜到定是邵怀礼，心中不禁暗暗欢喜，接过来话，说："客店就在前面，现在就去歇歇吧。"

当即马荣在前面带路，三人一起来到前街，又走进了客店。一会儿，乔泰、应奇也从外面进来，大家一起坐下。马荣等只是顺着万全的口气，报了姓名、履历，无非说些从前在绿林中的买卖，最近因为赵三哥受了冤屈，所以一同奉约，相助一臂。邵怀礼见他们言语爽快，也就高谈阔论起来。彼此都欢呼畅饮。

大约到了三更，方才散席。赵万全说："愚兄的事，贤弟都已经清楚了。不知贤弟打算何时动身？我这三位朋友还有其他的事，所以不能耽搁他们太久。"

邵怀礼听了这话，当时发了一怔，说："小弟还有一些款项需要处理，暂时还不能回湖州。但老哥的事也是必然要去的。不如诸位先在这里休息几日，等我忙完，再准备大后天动身,如何?"马荣怕赵万全催得太急,会引起他怀疑,连忙在旁边插言说:"赵三哥也不必太着急,反正这口气迟早要出,也不在乎这几天。"当时,邵怀礼令小二点了个提灯,自己先告辞回去了。

这里,马荣灭了灯光,将房门关好,低声说:"人碰是碰着了,但这里是他的地盘,即便动起手来也未必能抓得住。万全的调虎离山之计虽好,但这一路上难免不走漏风声。如果被他听见了什么,那时再将我们一看,他也是个惯走江湖的,难道能不明白吗?"应奇说:"这倒不用担心。昨天曲阜县已经投了公文,请这里的县差在半路接应。我们只要将他诱出寨门就可以了。"众人又商议一阵,便各自安歇去了。不知赵万全等能否顺利擒获邵怀礼,且看下回分解。

第八回

狄仁杰大堂审凶
华国祥投县呼冤

上回说到邵怀礼打算三日后起身出寨,赵万全等暗地做好擒拿的准备,谨慎细微自是不提。说话间,光阴飞过,转眼到了第三天。这日五更时节,邵怀礼先命人往客店送来一个包袱,结算了众人几日的住宿费用。然后五人便走出蒲其寨,直向曲阜大道而来。

约摸离寨已有二三十里路程,见往来的行人也少了许多。赵万全陡然停下,不再走动。

"看来老哥虽是北方人,这行走的路,恐怕还比不上小弟呢。"邵怀礼笑着说。

万全也不开口,站定身躯后,才向邵怀礼说,"愚兄有句话要问一下贤弟。"

"赵三哥,你既帮我们将他带到这里,余下的就由我们来问吧。"万全还没开口,就见马荣、乔泰早已走了过来,高声说,"请问你由湖州到这里,有一个姓徐的贩丝客商,是你的同行吗?高家洼被杀死了两人,你又知不知道?"

邵怀礼见他们三人说出这话,如同冷水流满全身,不由得心中乱跳,赶紧退了一步,来到大路道口,指着赵万全骂道:"你这狗头,俺只道你受了人家欺负,特地为你去报仇,谁知你用暗计伤人。小徐是俺杀的,你能拿俺怎么样?"

马荣等也不与他多说,各自摆好阵势。邵怀礼迎了上去,先与他们打上一回,晓得事情不妙了,就想迈步往东逃去。偏偏那赵万全又身动如飞,先扑到了面前,挡住去路。邵怀礼心下焦急,两手舞动起猴拳,上下翻腾,如同雪舞梨花一般,直对着万全没命地打来,把个马荣、乔泰吓得都不敢上前,不知道他究竟有多大本领。万全也不着慌,只将两只袖子卷起,前后高下,与他打成一团。一会儿,忽见万全两手一分,说声:"去吧!"邵怀礼就一个跟头跌到了圈外。马荣等跳上前去将他按住,套上了刑具。然后,众人推着他直向州衙而来。

路上,办过各种过堂过关的手续,众人风尘仆仆,与狄公回到了昌平县内,狄公见天色已晚,就传令先将罪犯收禁狱中。

第二天早晨,狄公升堂,将邵怀礼提出。只见凶手当堂跪下,说:"小人自幼以贩湖丝为业,从未干过那作奸犯科的事,不知大人为何派人追拿小的。小人受此窘辱,心里实在是不甘。"

"你这厮倒会巧饰。你既是生意中人,为何在高家洼那儿,将徐姓伙伴杀死,然后又杀死路人,夺人车辆?其中的情由,还不快快说出!"狄公冷笑着说。

"大人恩典呐。这都是那赵万全与小人有仇,没理由的陷害。"

狄公立刻传令让赵万全前来对质。万全就将当时的原本经历讲了一遍，说到邵怀礼托他卖货时，明明是说徐姓商客是暴病身死的，这时为什么又改了言语？邵怀礼哪里肯招供，只是在堂下呼冤不止。

狄公无奈，只得用刑。两边一声吆喝，早就将夹棍摔下大堂，把邵怀礼左腿拖出，套上绒绳，只听狄公在上面喝道："收绳！"众差役便将绒绳收紧。但见那邵怀礼将脸一苦，只听"咯哧"一声响，立刻鲜血交流，半天不说一句话来。

狄公见他如此熬刑，不禁勃然大怒，说："本县不与你做个对证，你也只是死不认账。好，即便赵万全证明不了你，孔家客店你可是住过的。明天就让孔万德前来对质，看你到时还怎么狡辩！"说完，拂袖退堂，仍将那邵怀礼收入监狱。

第二天，孔万德连同胡德、被害人汪宏的妻子，一同来到了衙堂。狄公随即升堂，先带上孔万德，问道："那天那姓邵的也在你店中投宿过，他的年龄、身材长短，你一定都还记得。你且慢慢说来。"孔万德听了这话，战战兢兢地说："这人三十上下，中等身材，比较黑也比较瘦。最清楚的一点是，那天晚上小的在灯光下看见他吃饭时，口中好像有一颗黑牙。请大人当堂验查一下，如果他真有颗黑牙，那也不用再审，肯定就是凶犯了。"

狄公见他说出了实在的证据，就将邵怀礼再次提了上来，指着孔万德问他："你这厮昨天还苦苦不肯招认，今天有一个人在此，你可认识他吗？"邵怀礼抬头一看，见是六里墩客店的主人，知道再强辩也没用了，只是大声骂道："你这老畜是谁？我与你从未见过面，你为何要串通赵万全来陷害我？"

孔万德不等他说完，就禁不住放声哭道："那客人，你可害得我好苦呀！老汉在六里墩开了几十年的客店，差点就为了你送了这老命。现在这青天太爷，不知断过了多少疑案，我看你也不要搪塞了。"又转过身对狄公说："小人方才说他有一颗黑牙，请太爷查看一下。"狄公听了这话，就抬头将邵怀礼一望，果然与孔万德所说的无异，当时就拍案叫道："你这狗头，明明有证据在此，还敢抵赖。不用重刑，谅也难结这案了。"随即命人取来一条铁索，用火烧得飞红，再将凶犯搀起，对定那通红的链子放了下去。只听"哎呦"一声，一阵青烟过后，那铁索"哧哧"地作响，真个是痛入骨髓。邵怀礼早已昏迷过去。待他醒来，狄公又问："你是招还是不招？如果继续拖延，本县可就另换刑具了。"邵怀礼到了此时，再也受不住那苦头了，只得将自己的这桩案件老老实实交代出来：

"小人自幼就在湖州丝行做生意。去年出来卖货时，结识了一个妇人，为她花去了许多本钱，回乡后负债累累。正在犯着愁，恰巧有一个徐小官，也是家乡的同行，要和我一起来到这里做买卖。小人见他除了有二三百金现银外，还有七八百两丝货，不禁起了歹意，想将他治死，得了钱财好与那妇人安居乐业。那日，路过了六里墩，看到这里的行人比较少，就先在孔家店投宿一夜，晚间用酒将他灌醉，次日五更趁他还没酒醒，就催着他上路。两人走出了镇口后，小人就从背后将他一刀砍倒。但正当小人要从他身上拿取银两时，从路对面突然走过来一个车夫，当时就要声张我杀人劫财的事。小人唯恐会惊动当地的居民，就上前也将他砍死，得了他的车辆，推着包裹物件就打算逃走。谁知心里越走越怕，越怕越急。过了两站路程，恰巧遇到了赵万全，就编了段谎话，请他帮忙售货，把车子送给他推货。接着，见他不知就里，又骗了他几百两银子。这都是小人的实供，绝无半句假话。求太爷看在我家中还有老母的分儿上，开恩呐。"

狄公冷笑着，说："亏你还记念着家中。难道那徐小官就没有老小了吗？"说着，命刑房录了口供，将邵怀礼收下监牢。至此，六里墩人命案总算完结了。

这边，狄公正要退堂，突然衙门前传来一片哭声，许多妇女男幼揪着一个二十四五岁的后生，由头门喊起，直叫"申冤"。众人后面又跟进来一个四五十岁的妇人，哭得更是悲苦。见狄公正坐在堂上，便一起跪到了案前，各自哭诉。狄公不解其意，只得让值日的差役找出两个原告来，具体诉说。

差役立刻将那一班人都推出房外，然后带进来两个原告。狄公向下一望，见一个是中年妇人，一个是白发老者。"你两人叫什么名字？又有什么冤屈要来控诉？"狄公问。

只见那妇人先开了口，说："小妇人李王氏，只因丈夫早年亡故，便含辛茹苦独自抚养唯一的女儿。所幸孩子终于成人，今年已过了十九岁。前些天嫁给了本地孝廉华国祥的儿子为妻。也算是要苦尽甘来了。谁知还没过三日，我那可怜的孩儿突然死去了。小妇人得知，真如天塌了一般，赶过去观望，但见我女儿浑身青肿，七孔流血，分明就是被人给谋害了。可怜小妇人就这么一个女儿,求青天申冤啊!"说完,放声大哭,在堂下乱滚不止。

狄公忙命牙婆将她扶起,然后向那老者问道:"想来你就是华国祥了?"老者禀道:"老身就是国祥。"狄公说:"佳儿佳妇,本是人生乐事,为何娶了媳妇不到三日就加以谋害?还是你等家教不严,儿子做出这样非礼的事?"

"举人是诗礼之家,怎么敢胡行凌虐?"华国祥早已泪流满面,说,"况且儿子文俊也是应试的童生,知书懂礼,怎能忍心下这样的毒手?只因前日佳期,宾客中有一个叫作胡作宾的,看到我儿媳妇有几分姿色,就生了妒忌之心,在那里评头论脚,闹个不停。举人我就笑斥了他几句,谁知他立刻恼羞成怒,说:'取闹新房,金吾不禁。你这老头真是烦人,三日内定叫你知道我的厉害。'举人当时以为他只是在开玩笑,次日又请他前来喝酒。谁知他心地狭窄,不知怎么就将毒药放到了新房的茶壶里。我那可怜的儿媳不知何时喝了那茶,约到四更就一命呜呼,被这胡作宾给害死了。"说完,又流下泪来。

狄公立刻命人将胡作宾带上堂来,一看,正是那个被众人揪进来的后生。身边,还跟着一个四五十岁的妇人,哭喊连天的,一起来到案前跪下。

狄公问:"你就是胡作宾吗?"下面的回答:"生员正是胡作宾。"狄公立刻向他喝道:"亏你还说自己是个生员。你既然身列庠学,为何不懂人伦道理,见美生妒,毒死那华文俊的妻子?"

只见胡作宾伏跪在地上,含泪答道:"父台请息怒,容生员细细禀告。前天闹房的时候,生员虽然大开玩笑,也不过是少年豪气,随众取笑而已。突然华国祥走了过来,拉下脸将生员狠狠斥责了一番。当时他家中正是亲朋高坐,华国祥这一举动,弄得大家登时面面相觑,似乎都有点难为情。为了缓和当时的尴尬,生员就说了一句戏言,教他三日内防备,当时不过是无心之举。而且次日华国祥又设宴来请,即使是存有嫌隙,也早已言归于好了。何况生员深知国法昭彰,家中又有老母妻儿,怎忍心做出这种非礼的事,连累全家?若说生员妒忌,只该想方设法将其骗奸才是,还不至于将她毒死。若说生员谋害人命,那实在更是冤枉。生员今日所供都是实话,还求父台明察。"胡作宾说这话时,他身边的那个妇人一个劲地叩头呼冤,痛苦不已。于是狄公就问了她两句,才知道她是胡作宾的母亲,早年孀居,一个人抚养这儿子长大成人。

狄公听了他们三个人的言辞,心下狐疑不决,暗想:"这事不可造次。莫说从来闹新房的没有害新人的道理,就是他的那份风流儒雅,也不像是个谋害人命的。"停了一会儿,向着李王氏说:"你女儿出嫁三天即遭身死,虽然死因不明,但根据华国祥所交代的,应该不是他家人所害。但若说是胡作宾下毒伤人,又没有凭证。本县不能只听一面之词。你们先行退下,胡作宾暂时发放县学看管。等到明日本县亲自验察后,再做决定。"当时,李王氏等一干人自行退去不提,只有胡作宾的母亲,见儿子被发送到县学,不由得一阵心酸,号啕大哭。

　　但说华国祥回到家后，知道尸体查验时必然会闲人拥挤，就含着泪命人先将厅堂及前后的物件搬运一空，又在新房前后搭了个芦席。第二天，当地地甲又过来帮忙布置，在厅前设了一张公案，并将所有应该动用到的物件，都准备妥当。华国祥又请了一个办事妥实的亲戚，准备一口棺木以及装殓的服饰，预备验后收尸。

　　各事办毕，只听门外锣声响亮，知道是狄公来到。华国祥赶紧穿齐了衣冠，与儿子华文俊迎了上去。狄公下轿进入厅前，华氏家人献上茶来。文俊上前叩过礼后，狄公便将他上上下下，仔细打量了一番。不知狄公打量过后，做何想法，且看下回分解。

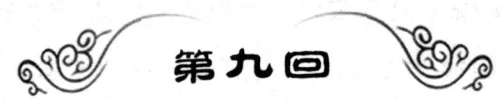

第九回
观尸首疑惑丛生
想案情猛然醒悟

且说狄公来到厅堂，华文俊上前叩过礼后，狄公将他上下打量了一番，觉得他也只是个读书儒雅的士子，心里实在委决不下，只得问他："你妻子出事那晚，你是何时进的新房？进房的时候，她又是什么模样？随后又是怎么中的毒？你都要如实禀来。"文俊含着泪，一一禀明，说："那晚客人散去以后，已到了二更时分，童生先到父母面前稍作清醒，才来到新房之中。当时妻子正坐在床沿下面，见童生回来，就命伴姑倒了两盏浓茶，要和童生一起饮用。童生因为酒后在父母那儿已经喝过，就没有入口。妻子自己即将那一盏茶水喝下，然后上床休息。不料到了三更时分，童生正要睡熟，只听她在那里隐隐呼着痛。童生起初怀疑她是积寒所致，谁知她越痛越紧，叫喊不休。到了四更，正要让人去请医生，她却已魂归地下了。后来经过查究，才知道她的腹痛，正是因为吃了那茶所致。随后将那茶壶拿来查看，发现它已经变成了赤黑的颜色。这难道不是有人下毒的原因吗？"

"那么，胡作宾吵闹之时，可曾进过新房没有？"狄公问。

"童生因午前出去谢客，并不知道。"华文俊说。

饮毒茶佳人难再得

"这人午前与大众一起进过新房。"华国祥随即答道。

"既是午前进房的,这茶壶当时又放在哪里?午后你媳妇可曾喝过别的茶没?泡茶的又是谁?"华国祥被狄公问了这两句,一时反倒回答不上来,直急得跌足哭道:"新娶媳妇,事情那么多,这样的琐屑事又怎能知道得清楚?总之那天,这胡作宾的确是时进时出的。再说他本就是有心毒害的,又怎会让人看见呢?这事只求父台拷问他,自然就招认了。"

狄公说:"这事不比儿戏,不能仅听一面之词。就算胡作宾有心毒害,这两日有伴姑在房内,他又怎能下手?恐怕还有其他缘故。请你先将伴姑交出,本县好问她一问。"华国祥见他代胡作宾辩驳,怀疑他有心袒护,不禁发起急来,说:"照父台的话,难不成是举人有心牵害那胡作宾吗?父台是百姓的父母,出了这事还能这样怠慢,那百姓的冤屈岂不是要永沉海底了吗?如此,那平日里父台的英明也全是虚名了。"狄公见他说出这等混话,因为他是受害家属,当时也不便发作,只是说道:"本县也不是不办这案,此时苦苦追查,就是为了给你儿媳申冤。如果只听你一面之词,将胡作宾惩处。假若他也是冤枉的,又有谁代他申冤呢?凡事都请互相体谅。这伴姑本县是一定要讯问的。"华国祥被他这一番话说得无言可对,只得听他所为。

转眼之间,伴姑已伏跪在了地上。狄公说:"你就是伴姑吗?是李府陪嫁过来的,还是这里的年老仆妇?连日里新房中出入的人很多,你怎么没有小心照应呢?"那伴姑见狄公这一派恶言厉声的话,早已吓得战战兢兢,低头禀告说:"老奴自幼承蒙李夫人恩典，留在他家中作婢女。近来，夫人因为小姐出嫁，见老奴是个旧仆，就特命陪伴前来。不料前晚出了这个祸事。可怜小姐就这样身死不明，还请太爷拷问胡作宾。"

因为这个伴姑是贴身的佣人，狄公初时疑惑是她从中做的手脚，或者是华国祥嫌贫爱富，而命这伴姑从中暗害，所以一定要提她审问。此时，听她说自己原本是李家的旧人，又是她携带大的小姐，断无忽然毒害的道理，心下反倒没有了主意。只得向她说道："你既然由李府陪嫁过来，那么这些天的茶水也肯定是你一个人泡的了。那晚的那壶茶是何时泡的？"伴姑说："是上灯以后泡的。"狄公又问："泡过茶后，你离开过房间没有？"伴姑说："老奴就吃夜饭时出来过一次，剩下的时间都在新房中。"狄公又问她："午后你所泡的那茶，有没有其他人喝过？"伴姑想了一会儿，只说记不清了。

狄公只好起身来到上房院落，先让家中女眷出去回避一下，准备验看尸体。然后与华国祥走进房内，但见箱笼物件都已经搬去，只有那把茶壶和一个红漆筒子，并放在一张四扇漆桌子上，此外，床前还有许多仆妇正在看守。狄公说："桌上的就是那个茶壶吧？你们去取一只碗来，让本县试一试它。"说着，早有差役递过来一个茶盏。狄公接过，将壶内的茶倒了一盏，果然颜色与众不同，紫黑色，如同那糖水似的，还散发出一阵阵腥气。狄公看了一回，命人唤来一只狗，将这茶放了一点在食物中。那狗低头哼了一两声，一口气将食物吃下。霎时间，乱咬乱叫，约有一顿饭的工夫，就一命呜呼了。

　　狄公更是诧异,便走到床前,查看一遍。但见那死者口内正慢慢地流血,浑身上下异常青肿,知道是毒气无疑了。转身走到院落站下,命人将李王氏带来,当着她与华国祥两人的面,说:"你女儿的死,肯定是中毒无疑了。死者因毒身亡,已经是意料之外了,若再去翻尸倒骨,死者定会更含冤屈,生者也会有失体面。本县愚见,不如先以中毒身亡的结论定下这案子,等到找出了凶犯,再让他依法偿命,就可免得此时再翻尸查验了。这也是本县怜惜死者的意思,不忍她再吃苦,所以特向二位说明,免得日后反悔。"华国祥还没说话,李王氏就哭着说:"既然太爷是为了免她死后受苦,才这样定案的。小妇人情愿免验了。"这边,华文俊也劝他父亲同意免验。于是,华、李两家都做了免验的甘结。

　　此时,华家的里里外外都忙个不停,仆众亲友都在帮忙操办后事。狄公在外面见棺木已经设好,人们开始要为死者穿衣,就随着众人来到房内。但闻床前一阵阵腥气,吹入脑髓,心下只是想不出个所以然来。暗自说道:"即便是中毒致死,这茶壶之内也无非放些砒霜、信石之类,服在腹内纵然七孔流血,立刻毙命,也不该有这样腥秽的气味啊?而且,她的尸身虽然青肿,皮肤却没有破烂,胸前还膨胀如瓜。难道这床下有什么毒物吗?"一个人正在暗自揣度,忽听旁边有人喊了起来:"不好了,怎么人都死了两天,这腹中还在动弹,难道有什么作怪吗?"说着,登时跑下床来,吓得颜色都变了。大家听后,都大着胆子朝他说的地方望去,并没有看到什么动静。于是众人都说他太过疑心。

当时七手八脚的，众人将衣服给死者穿齐了，又抬着她出了房间。狄公等众人都出去之后，自己来到床前细细观看了一回，又向地上瞧了一瞧，发现有些血水点子，里面还带着些黑丝，好像活动的样子。狄公看在眼里，走出后堂，来到厅前坐下后，想道："这事肯定不是胡作宾做的，其中必有奇怪的事。"

想完，恰好尸体也已经收敛完毕，狄公便再次将华国祥唤来，说："这事实在是可疑。胡作宾虽然是被告，但伴姑也不能置身事外。请立刻将她交出，好让本县带回审问。本县绝不苛待她就是了。"华国祥见他这样说，也只得同意。

单说狄公回到衙署后，并不升堂理案，只是传令将伴姑交给官媒看管，其余案件全不过问。一连几天都是这样。华国祥着急起来，这天，向着他儿子抱怨说："这案子都被你这畜生给耽误了。从来这做官的人，都只是为了自己的脚步站稳，至于办案都图的是越省事越好。那天你岳母答应免验，只因为是个女流，不懂这公事的利弊。你这个小畜生没事也来劝我什么。现在那狗官仗着我们两家的甘结，有意在那拖延，意在袒护那狗头。可怎么办？"接着，就命人取来他的冠带，说："今天我倒要前去看看他怎样办案。否则，这上告的状子是免不了的了。"说完，直向昌平县衙门赶去。

狄公听说华国祥来到县衙，只得迎出书房，分宾主坐下。寒暄过后，便令外堂差役伺候，准备升堂问案。差人将胡作宾带到案前，狄公说："本县已经验过华文俊的亡妻，果真是中毒身亡。现在大家都说是你毒害的，堂上还有他家伴姑作证，说你当天随众人时常出入新房，乘隙将毒投下。你还想巧辩抵赖吗？"

"父台明见。"胡作宾连忙说："既然她说生员是同众人时常出入的，可见并非生员一人进过新房。既然不是一个人进房，众目昭彰之下，又怎么会有间隙下毒？即便是生员下的毒，一天之内，难道就没有其他人向茶壶倒过茶吗？为什么别人都没事，单单那新人吃下后就有了毒物？再说，除了亲朋以外，家中妇女仆婢难道就没人再进去过？不在这上面追问，虽将生员用刑拷死，也没有口供可供招认。还求父台明察。"

"你这无耻劣生！"狄公怒道："本县见你是个县学生员，不忍苦苦加以苛责，不料今天你竟如此巧辩。如不将他家女仆提来对质，谅你也不甘心。"随即命人将伴姑带上。

伴姑跪下后，说："那晚闹过之后，胡公子发出狠话，临走时令我等三日之内小心防备。大家都以为他是戏言。谁知第二天再来时，他就乘人不备下了毒物。当时应该是上灯前后，家里里里外外都在摆着酒席。老奴虽在房内，但昏黄之中也看得不很清楚。而且当天进进出出的人又很多，光他一个人，从午前到午后恐怕都不下多次了。老奴以为，他多半是借着倒茶为名，趁机下的毒物。"

"你这老狗才，为何在这信口雌黄？"狄公还没开口，胡作宾就抢着向她分辩道，"那天闹新房，也不是我一个人的事。只因为你家老爷独独申斥我一人，才故意说了那句戏言，好解除尴尬。你怎么能以一句戏言为凭据呢？又说我在上灯前后倒茶下毒，就更是诬陷了。生员自从午前与众位朋友在新房里说过笑后，就再没进去过。到了上灯前后，别说生员了，就是你家公子，也都在忙着谢客，而从未进过新房。这岂不是无中生有，害人性命吗？你既是陪嫁的伴姑，自然不会离开新人半步。你再好好想想，自从午前我与众人进过新房以后，你可确定我又再进去过？"那伴姑被他这一番辩驳，回想那天，实在没有认真留意过，更不知那毒物是从何处来的。只因为那壶茶是自己泡的，害怕受到牵连，才打算全推到胡作宾身上，不料又被他一顿辩白。心中于是更加惧怕，只说不出话来。

狄公见了这样，就说："你既是多年的仆妇，就应该事事留心，怎能胡乱诬陷他人？况且那茶是你泡的，本县肯定那事就是你干的。若不从实招供，定用大刑伺候。"

"青天老爷息怒，老奴怎么敢生这坏心，别说辜负了李家老夫人的大德。就是这小姐自幼是老奴携带大的，也没法忍心下这毒手啊。"伴姑吓得叩头不止。

狄公听后，心下暗想："照这样看来，只得在这茶壶上面做追究了。"一人就这样坐在堂上，周围也都寂静无声。忽然值班的家人怕他口渴，送上一壶茶来。狄公将盖子掀开，只见茶上漂浮着几点黑灰，就问那人："你等怎么如此粗心？上面哪儿来这么多的黑灰？"那人赶紧回答说："这事与茶夫没有关系。小人记得，茶房泡茶的时候，那檐口上突然飘下一块灰尘。小人当时倒也看见了，但没料到那灰尘竟会落到了这茶里面。"

狄公听了这话，猛然醒悟。立刻问那伴姑："那天你泡茶用的水，是从外面茶坊买回来的，还是在家里烹烧的？"伴姑说："自从喜事那天起，茶水都是自家烧的。"狄公问："是你烧的吗？"伴姑说："不是，老奴用的只是现成的开水。"狄公又问："你虽然没烧，但总该知道烧水的地方在哪儿吧？"伴姑说："在厨房下首一间闲屋子里。"狄公沉吟片刻，向着下面说："本县知道原因了。你们两个先退下，还须分别看管，等到明天本县揭明了此案，再释放你们。"当时起身，退入了后堂。

那华国祥在大堂后听了他的审问，见他专为胡作宾说话，恨不得立刻来到堂上骂他一顿。此时又见他分不出个皂白来，就忽然退堂了，心里更是不悦。等到狄公来到后堂，便问："父台就是这样审案的吗？照此看来，到明年的今天恐怕也不能断个明白了。"火气不止，说完就要起身离去。狄公见了，笑着说："尊府的事，本县已经明白了，明天午后，一定给尊府一个交代。"华国祥见他这样说，也是半信半疑，只得说："不是举人太过焦急，只是死者含冤，这心里不忍呐！既然老父台看出了原因，明天举人在家恭候就是了。"说着，起身告辞。不知狄公接下来将如何结案，这真凶又究竟会是谁，且看下回分解。

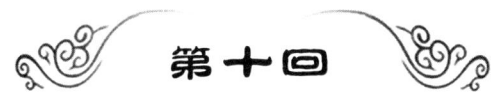

第十回
见毒物开释无辜
查公墙立访书生

次日一早，狄公带着值日差役，步行来到华国祥家。来到厅前时，华国祥正命人在里面打扫，看见县官竟会这么早进来，只得让到屋内，让人取来自己的冠带。狄公笑着说："本县尚且不拘礼于这些，尊驾何必这般劳动。现在只请快唤那烧茶的仆妇前来问话。"华国祥不解其意，又不便拦阻，只得将那人唤来。

只见一个十八九岁的丫头，走到狄公面前，叩头跪下。狄公说："这也不是公堂，不必这样。你叫什么名字？一向都是管烧水的吗？"那丫头禀道："小女子名叫彩姑，一向服侍夫人。近些天因为府内新娶了小奶奶，才专管烧水的。"

"那天伴姑午后倒茶时，你在厨房里吗？"

"正在那里烧水。"彩姑说，"后来上灯时节，小女子有事回了一趟房内，就没看到伴姑奶奶来这里泡茶。等到小女子回来，才发现炉内的茶水已经泼到了地上。询问起来，才知道她泡茶时，炉子中刚好没有了开水，她就把火炉移到檐口下,自己烧了一壶。结果只用了一半,那一半则被她不小心给绊倒,泼到了地上。这就是那天泡茶的经过,至于别的事情,小女子就实在不知道了。"

狄公听完后,随即命马荣回一趟衙门,将伴姑带来。不一会儿,人已带到。狄公大声喝道:"你这狗头,这般狡猾。前天在堂上说,出事那天你泡茶用的是现成开水,但今天彩姑供说,是你把火炉移到了檐口下自己烧的。显然是口供不实,你还有什么要说的?"

伴姑被这番驳斥直吓得磕头不止,说:"老奴因在堂上害怕,一时心乱,就胡编了供词,以免太爷再去审问。求太爷恩典。"狄公大怒,说道:"只为你这一时的狡猾,弄得本县难以想出个缘故,不但你家小姐的冤屈被你这样耽搁了许久,还差点冤枉那胡作宾白送一条人命。等到此案结束了,一定对你加以重罚。"随后,起身对华国祥说:"现在请尊驾同本县一起去厨房看一下。"华国祥虽然疑惑,也只得随他前去。

到了厨房后,但见那里古旧不堪,瓦木已多半朽坏。狄公就问伴姑:"你那天将火炉子移到哪个檐口下了?"伴姑指着前面,说:"就放在那青石上面。"狄公顺着她所指的方向,细心地向檐口望去,但见那椽子已经突下了半截,瓦檐也都已破损,就转身向那伴姑说:"你口供不实,本应该掌你几巴掌,但念你年老昏聩,就只罚你再在那里烧一天开水。也好让本县在这儿饮饮茶。"

华国祥见狄公观察完这厨房后,也说不出个道理来,本就有点气恼,现在又见他忽然命令伴姑去烧茶喝,实在没有审案的样子,不禁暗怒起来,对着狄公说:"父台到卑府审案,本该准备好了茶点。若等到这老狗才烧完了水,就怕父台也等不及了。既然她口供不实,就应该带回去严加惩处,以便水落石出。若只是在这里胡闹,岂不反成了戏谑?"狄公冷笑着,说:"在尊驾看来好像是戏谑,在本县这儿,却正是在破案。尊驾请勿多言。"

随即,狄公就命人取来两张桌椅,在厨房内坐下,又与那些厨子仆妇混说些闲话。停一会儿,就催着伴姑添一回火,又催着她或是掀扇,或是倒茶,闹个不停。等到水已烧开,泡好了茶后,他又不吃。这般折腾了十几次。忽然,伴姑又在那里掀火时,从檐口掉下了几点碎泥,刚好落到她的脖颈里。伴姑正要用手拂去,狄公早已看见,连忙喊道:"你先过来。"伴姑来到他面前后,狄公说:"你先在这里等一等,那害你家小姐的毒物,顷刻就会知道了。"

华国祥听了,立刻起身离开了这里,狄公也不去阻拦他,只坐在那椅子上,两眼紧望着檐口。过了一会儿,果然看见那落泥的地方露出一丝红光,在那檐口闪闪的,或出或现,不知是个什么物件。狄公命人先去告诉华国祥,让他前来观看。周围众人,无不觉得意外,都惊服于狄公的神明。

华国祥来到后,抬头细瞧,但见火炉上一股热烟冲到上面,那条红光便蠕蠕欲动。大家正在疑惑,忽地,那红光伸出一个蛇头,四下观望,口中流着浓涎,直对着炉内滴下。那蛇见周围有人,顷刻又缩了进去。此时众人无不凝神屏气,吓得口都不敢开了。

狄公对华国祥说道："原来令媳就是被这毒物所伤。尊驾也亲自看到了，应该知道不是本县有意袒护那胡作宾了。尊府的房屋因为早已破坏，又长久不修，所以才会生出这样的毒蛇。"说完，就命那些闲杂人等一概走开。随后，马荣带着值班差役等，各自拿着器具，将檐口所有的椽子都捣了下来。只听上面响动一声，早有一条一尺多长的火赤练蹿入院落里，想要逃跑。马荣正要上前去捉，乔泰早已取过一把火叉，对定蛇头就叉了一下。那蛇登时就无法动弹。又叉了一下，才将它打死。众人恐怕里面还有小蛇，就一齐上前，登时把那间房屋拆毁得干干净净。狄公命差役将蛇带到了厅前。

厅里，正坐着早被华家接来的李王氏。狄公坐下后，向华国祥说道："本县初次审查这个案子的时候，就知道令媳绝不是人为毒害的。首先胡作宾是个儒雅书生，断不至于做这种事。其次，光是进入新房后闻到的那股骚腥气，就让本县非常疑惑。前阵子由于伴姑的口供不实，本县未曾找到原因。今天听过彩姑的话，才想到，这或许是伴姑烧茶时，那炉中的火烟冲到椽上，蛇涎滴了下来的缘故。当时她没有看见，就将开水倒入了茶壶中。其余的一半茶水因被泼去，才没有害了其他人。这一祸端，也是伴姑不小心所致，既然她是事出无心的，又年老可怜，就从轻办理吧。胡作宾无辜受屈，本应释放出来。"华国祥到了这时，自是无话可说，只有李王氏见了那条毒蛇，不禁放声痛哭。狄公命人用火将那蛇烧成了灰，以作罪罚。

随后,起身回到衙门,将胡作宾由学内提出来斥责一番,让他以后务必说话谨慎,免招横祸。胡作宾母子自是感激万分,在堂上叩头不止。至此,三桩人命疑案已经破解了两桩,只剩下毕顺的案子还未解决。

实际上,就在狄公忙着破解华国祥家的案子时,差役洪亮与陶干由于一直在毕家巷口访察,已经发现那周氏的某些蛛丝马迹;那晚,两人蹿到了毕家的房屋上,只听到那不会说话的女孩突然在房中叫了一声,周氏便骂道:"见到老鼠打架,也那么大惊小怪的。"说着便将房门关了起来。两人当时就有点疑惑,心想她女儿虽是个哑子,但还不至于见了老鼠就会喊叫起来。于是,两人又紧伏在屋上细听了一会儿,这回听到里面好像有男人的声音。揭开屋瓦去看,却又没发现什么形迹。因此不敢造次,就赶回来禀告了狄公。

狄公听后,就问:"他家附近可有姓徐的吗?"洪亮回答说:"皇华镇上共有十五六家姓徐的,其中有大半不在镇上,其余的不是开店面的老人,就是些幼童小孩,似乎与这个案子没有什么关联。"狄公说:"依你们看,现在应该怎么办?"洪亮说:"小人以为,应该在毕家的附近邻居那儿再查看查看,因为毕家那后墙是与隔壁人家共用的,或许那墙里面就有什么缘故。而这户隔墙的邻居,小人也已经访查清楚了,是本地有名的人家,家主叫汤得忠,是个落第的举子,目前就在家中教书。"狄公听了,也不开口,想了一会儿,才问道:"你说这墙是两家公共使用的,那它是在周氏的床后,还是在两边呢?"洪亮说:"小人当时掀开屋瓦细看,见那房间的两边都是空空的，只有床后靠着那墙，墙又被床遮住，所以一般人都看不清楚。"狄公拍案叫道："这就得了。你拿着我的名帖，今晚就到皇华镇去，说我有点公事，要请汤举人前来商量。以观察他做何反应。"洪亮接过名帖，第二天就赶到皇华镇上，先找到地甲何垲，再来到汤家门口。两人敲过门后，只见里面出来一个老头，说："你是哪里来的？找我家先生有什么事吗？"何垲笑着说："原来是朱老爹，怎么连地方上的公差都不认识了？"那人将何垲一望，也就笑着说："我家先生现在还没起来呢？"何垲听后，转身向洪亮丢了个眼色。两人径直往里面走去，那老头赶紧追了上来，说："你们有什么事告诉我就行了。"何垲答道："县太爷因有事要商议，所以请你家先生去一趟衙门，不得拖延。"说完，递上狄公的名帖。那老头接了过来，随即走进旁边的书房，穿过一个小小的天井，来到三间厢房面前。何垲也跟着他来到了这里，又紧盯着上首的房间，想："这房间与毕家的那面墙正好相连，如果姓汤的住在这房内，就必定有问题了。"

正独自出着神，忽见那老头走到了下首的房间。何垲当时好不自在，暗自说："推测又错了。人都不在这上首房里居住，又怎会做那丑事。"一个人正在自言自语着，突然从那上首房中走出来一个后生，约有二十五六岁，生得眉清目秀，仪表非凡。那后生见老头走了进来，赶着问："是谁来请先生的。"老头答道："这事也真奇怪。我们先生虽是个举子，但平时除了在家教书外，外面的事一概都不过问。哪知这县太爷还说地方上有点公事，要请他过去商量。"那后生一听这话，不禁脸色一变，神情慌张地说："你怎么不告诉他们，先生从不参与外面的事。反倒还将人带了进来。"何垲听了这话，又将那人上下打量了一番，刚巧这人的房间又是与毕家公用一面墙的上房，于是心中更是怀疑。

一会儿，听到下首房间里有人醒了过来，埋怨那老头说："我昨天为学生们清理了一夜的功课，到天明才睡着，你怎么又过来喊叫。"只听老头说："不是我不知道先生劳累。只因为县太爷派人来请。现在那公差还在外面等着回话呢。"汤得忠说："你去将我名帖取来，告诉来人，我只是一个寒窗书生，闭门读书，从不参与外事的。他有公事需要商量，我实在是不能帮忙，地方上的绅士们也很多，让他去请别人吧。"老头出来，向何垲说了一遍。洪、何二人只好出了大门。那老头随即将门关上。

两人走到街上，何垲对着洪亮，说："你看见那个少年男子了没？见我们说是县里派来的，神情就变了起来。你现在就快点回衙去禀告太爷吧。我继续到他家附近等候，防止他外出逃跑，顺便也好打听一下他的名字。"两人商议已定，洪亮便立刻赶回城中，将方才的话禀告了狄公。

狄公心里很是高兴，随即带上差役，直向皇华镇走来。一路上自然是不敢懈怠。到了上灯时分，众人已来到镇上。先在从前住过的那家客店中定了房间。喝完茶吃过饭后，狄公吩咐道："大家今夜分头行动。洪亮和马荣在毕家的屋上面等候，如果有什么动静，马上就喊捉贼，看那房下面的人有什么反应。乔泰和陶干在汤家门口守候，如果有人半夜出来就直接将他擒获。"四人接过命令,各自前去准备。

　　且说马荣与洪亮出了店门。洪亮说:"马二哥,拙弟现在有一个计策,不知你肯不肯做?"马荣说:"你我都是为太爷办事的,只要能捉到凶犯,还有什么肯不肯的呢?你且说给我听听。"洪亮见马荣同意,就说出一条计策来。不知洪亮究竟出了怎样的妙计,且看下回分解。

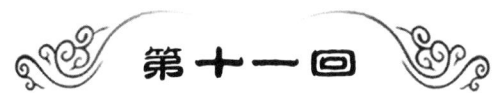

第十一回
巧用计公差擒人
揭地窖邑宰精明

话说洪亮见马荣同意，就慢慢说出一条妙计来，"汤家的那个后生实在是可疑。因为他识破了机关，一连数日都安分守己，不再去找那周氏，所以我们虽在屋顶上细听，也看不出什么马脚。不如今夜你扮作窃贼，蹿到他家的房里去，岂不比在屋外更能发现问题。只怕你早已金盆洗手，不再干这事儿了，所以没敢说出来。"马荣笑着，说："我还以为是什么事呢。这个计策很是高明，今夜我就去如何。"说着，两人来到了何垲家，又坐着谈了一会。

晚上，二更之后，街上就没了什么行人。马荣让洪亮在毕家门口等候，自己则蹿到檐口伏下，又向周围打探了一番，发现上首的房间点着一盏灯，灯下有一个二十多岁的后生，面貌与洪亮说的一点不差。只见那人不言不语地独坐在那椅子上，一副若有所思的神情。接着，那人又起身向书房瞧了一瞧，然后望望墙屋，嘴里蠕动着好像在自言自语。马荣正在偷看，突然听到前面有格扇响动，只见一个人走了出来，向着那后生喊道："徐师兄，先生有话问你。"马荣在上面听见一个"徐"字，不禁大喜，急忙将身躯收转在檐瓦上面。只听那个后生答应了一声，又低低说了一句："偏偏今夜乱喊乱叫的。"说完，就出了房门。

马荣见他走了出去，知道这房内无人，赶紧用了个蝴蝶穿花的招式，由檐口飞了下来。直蹿到正宅中间，四下一望，见有一个老人正伏在桌上打盹，就趁机来到那徐后生的房内，先将灯吹灭，然后顺着墙壁细听了一回，却没听出什么响动。又用指头敲了一阵，那声音也仍旧是很着实的样子。马荣一时焦急起来，就将身子一横，走到那张空床面前，将帐子掀起，蹿进了床底下。随后，两脚在地下蹬了两下，这回传来了空洞的声音。马荣大喜，想："看来答案就在这地下了，看我先将这几块方砖揭开。"当时就在黑暗中，用两手将地面摸了几遍，奇怪的是，地面却很平坦，找不到一点缝隙，更别想揭开方砖了。正在为难之际，两手又一摸，突然摸到一条系在床柱上的绳子。马荣以为它的另一头扣着什么铁器，想取过来用于撬揭地上的方砖，就顺手将绳子一拖。只听"哗啦"一声，床帐猛地倒了下来。马荣大吃一惊，正想要逃走，书房里早跑出来几个人，高叫着："有贼!"众人跑到院落后，看到灯光已灭，担心遭到暗算，又都站在那儿迟迟不敢进去。只有那个少年，格外着急，连忙将还在打瞌睡的老人叫醒，让他去点灯。马荣趁机蹿到了外面，向上一纵，便到了屋上。众人虽然都看得清楚，也只是在下面叫喊，没有一人敢上前捉拿。马荣见自己已经脱身，也不回去，索性又伏在屋瓦上，听那下面的动静。

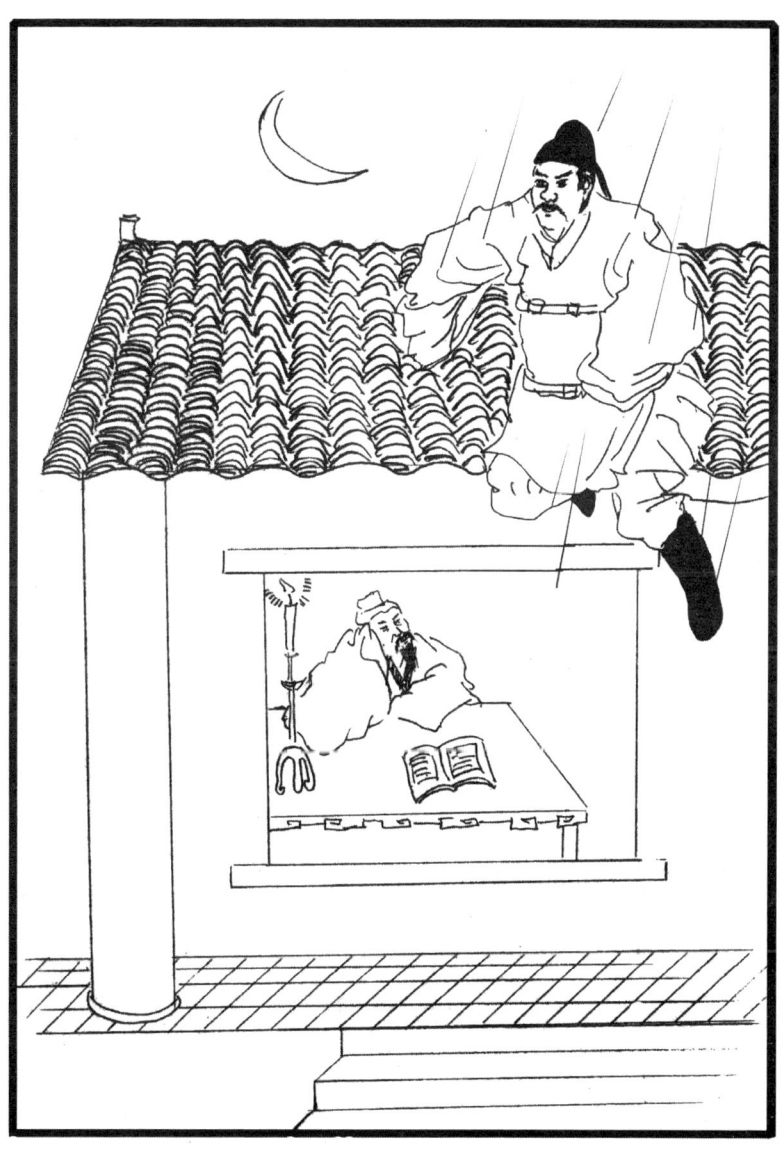

马侠士飞檐探密道

只听那后生冲着那老人喊道："你也不是死人,怎么有贼从你面前走过,也一点不知道。"那老人被他骂了两句,只是不敢开口。那后生又走到床前,高声说："这瘟贼也不过是将床帐拉倒而已,我还以为你偷取不成,会拿出什么别的本事呢?"众人听了,都说："你的东西既然没被偷去,就已经是万幸了,还说什么戏谑的话。现在先生还在书房里,吓得不敢出来,我们去告诉他一声吧。"说着,大家在房里用灯又照看了一番,就回到书房去了。马荣在屋上听得清楚,随即心生一计。扒过墙头,招呼洪亮从毕家的屋上蹿下来,一起来到何垲家中。然后,马荣说出计策,三人商议已定,又一齐来到客店,将以上的话禀明狄公。狄公心下大喜,随即命他们依计而行。

三人来到汤家门口。何垲敲门喊道："朱老爹,快来开门。你家可是闹贼吗?现在贼已被我们捉住,快来帮我捆他。"里面的听了这话,忙将大门打开,正看到何垲揪着一个人,骂道："你这厮,也不问问这地方是谁管下的,他家又是何等人家就来这乱偷乱抢?"众学生不知是计,急忙跑去告诉了汤得忠。汤得忠随即走了出来。

"人现在就在这里,你老人家看该如何发落?"何垲见他出来,连忙说。

汤得忠取了个烛台,将马荣周身一看,骂道："你这狗强盗,身材也高大,相貌也魁梧,为何不去做一番事业,反倒做这偷儿的行当。岂不可恨!我今日积点功德,放你走吧。"

何垲见汤得忠这样发落,连忙说："你老人家是个好心,将他放走了,怎料到他就不到别处作案了?这事万万不行。要放他,也得等县太爷来了再说。也好让太爷知道我们地甲平日里是从不松懈的。对了,刚才他是在哪里被惊走的,请你们带我进去查看一下。"一面说,一面扭着马荣说:"你也跟我进来,好好实说,是从什么地方进的门,又走到哪里去了?"

哪知里面听了这话,突然跑出来一个人,马荣将他一看,正是那个姓徐的。

"你这人也太固执了。我们先生都叫你放了他,你还一定要惊动官府,以显摆你的能力。即使这样,你也不过是得点犒赏而已,可这贼人就吃了大亏。你又何苦这样对人呢。我同先生说说,给你二两银子买酒喝,这事就算了吧。"徐后生挡在何垲面前,侃侃地说。

马荣听了,暗暗骂道:"你这狗头,不是你做了那黑心的事,怎肯这样慷慨?"

只听何垲问道:"你这位相公尊姓?"这人还没开口,旁边学生就笑着说:"你毛贼倒会捉。当地谁不知道他姓徐,这房子就是他家的,因为家眷不在这儿住,所以请本地的汤先生前来教馆,他也投到先生门下,所以门口只贴着'汤家'的字样。"

"原来姓徐,这就是了。"何垲笑了起来,随即将脸一变:"听说城里出了一个案子,凶犯也是姓徐,无论是与不是,都请你随我走一趟。"然后,指着马荣对汤得忠说:"汤先生,你以为他真是个窃贼,我又真是送贼来的吗?你老人家虽是个举子,怎么教化如此不严,让学生做出这样非礼的事?隔壁毕顺家的案子,害得我们不知吃了多少苦,太爷也为了它遭到反坐的罪名。因此太爷密令我们访查，才知道凶手就在你家。现在太爷就在张家客店里，请你们两人前去走一趟吧。"说完，将马荣一松，上前将那个徐后生揪住。马荣也就上去拖住汤得忠。汤得忠正要分辩，只听何垲高喊一声，外面早有乔泰、洪亮二人一起进来，不由分说，簇拥着他们就向街上走去。

到了客店，狄公又命差役将周氏也立刻提来，以免她逃走。随后，令人将汤、徐二人暂时看押，自己便带着一班差役，直接来到汤得忠家，在书房里坐下。汤家的学生听见先生被地甲捉了去，都大惊失色，家在附近的就连夜跑了回去，以免受到牵连。剩下几个家在远方的，就只好坐在里面。这时看见县太爷来到家中，更是心胆悬悬的，不知是为了什么缘故。

狄公见他们哑口无言，就问："此案与你们无关，你们只要如实告诉本县，那个姓徐的，是哪里的人？平时有没有什么特殊的地方？"上首一个学生回答说："他叫徐德泰，是这里的学长，先生最喜欢他。我们都住在书房旁边的那间屋内，只有他与先生对房居住。"狄公当时点点头，起身说："既然本县将他捉去，你们就随我到他房内查看一下，也好做个见证。"

众人不敢有违，当即在前面引路。到了房里，狄公命差人将床架子移到别处，低身向前一看，见那地面果然由方砖砌成，床下四角有四条麻绳扣着。狄公故意将绳子一绊，早见床前的两根床柱应声而倒，"扑通"一声磕在地下。狄公又取了个烛台过来，让人找来一柄铁扒，对着中间那两块方砖用力撬了起来。

忽然，只听下面咚的一声响，早出现一个方形的大洞，就如同那地窖一般。再朝下面望去，黑漆漆的也分辨不出什么来。当时，狄公怕下面另有埋伏，也不敢命人下去，只对着差役陶干说："既有这暗道，这人犯就是不错了。你们先在此看守，等我天明再来查看。"说完，将所有的学生都开了名单。众人无不目瞪口呆，彼此呆望，不知房内何时有了这么个所在。

随后，狄公起身回到店中。此时已到了四更时分。忽听见门外人声喧嚷，原来是洪亮将周氏提到了。狄公命洪亮先在客店内将其看押，然后便进房歇息去了。

第二天，起身洗漱完毕，狄公就令人将汤得忠带来，当时将他一望，就知道是个迂腐拘谨的人。因他是个举子，也不敢过于怠慢，就起身说道："先生你品学兼优，本县钦佩已久。但可知玉石混同、教化不齐就是自己的过失。先生门下所教的学生，其品学行为也与先生一样吗？"汤得忠说："举人所教的学生都是世家子弟，平时只是苦读诗书，从来都是足不出户的。哪里会有什么作奸犯科的事？不是父台误听了什么吧？"狄公笑着说："本县上任办案，若没有确实的证据，也不会鲁莽行动。你先生说，你所教的门生都是世家子弟，难道世家子弟就都是循规蹈矩的吗？就说你那个徐姓的学生，他的所作所为，都是关系人命的案件。先生你可知道吗？"

"这就奇了。"汤得忠说，"若说别人或有可疑，还可相信，唯有他，是断不会做非礼之事的。父台总不能因为他姓徐，就说他是命案的凶手吧。而且，父台的贵差役也谈到毕家那命案，说是父台在庙里住宿，梦到一个姓徐的在内，这样离奇虚幻的事,怎么能作证据！还有那开棺验尸的事,也纯属没有一点形影的妄测,以致让自己背上反坐的罪名。此时不能顾全自己了,就指着说姓徐的为凶手。不要说他的父兄缙绅了,就是从举人的角度,地方上出现这么个残害百姓的昏官,也不能再置之不理了。"

狄公见他代那徐德泰抵赖,又诚实得太过迂腐,不禁大怒,说道:"本县因你是个举子,所以请你来商议,谁知你如此糊涂,平时管教不严,反倒在此冲撞本县。本县若不拿出实证,你这昏聩的腐儒又怎会心服?"说完,就派人将徐德泰带来审问。

不一会儿,人已带到。狄公见他跪在地下,细细将他一望,看那长相倒是个极美的男子,心下暗说:"难怪那淫妇看中了他。可恨他一表人才,不认真做人,却做下这犯罪的事。"当即大声喝道:"你就是徐德泰吗?本县查访你已经很久了,今天既然将你擒获,必然是有确实的证据。你快将如何与周氏通奸,又如何谋害毕顺的经过,照实说出,本县或可从轻发落,让你少受点刑罚之苦。"

徐德泰见狄公神色严厉,心里虽是惧怕,却也不愿立刻承认,就说:"学生是世家子弟,家法森严,怎敢违礼做事呢?况且汤先生与学生早晚居住都在一起,就是学生的明证。还求父台明察。"狄公也不与他多做辩驳,只笑着说:"你这派胡言乱语,也只能骗你那昏聩的先生。本县岂能被你哄弄?你且和我来,让你看看那房中的地窖,看还如何狡赖。"

众人正要出去,忽然外面哭骂连天,一路传到了衙门内。

狄公一听，就知道是那毕老妇因为媳妇被抓，前来哭闹的，便对身边的人说："她来得正好，可将她一起带去，免得到如今还不知道这暧昧的地方。"

此时，皇华镇上无人不知这挖出地窖的事来，都挤到汤家观看衙门如何破案。狄公来到书房坐定，等众人到齐了，就来到徐德泰房内，指着那个地窖，问："你既是读书子弟，理应安分守己，为什么在卧床下挖出这么一个地窖来？它有什么用处？"徐德泰到了这时，只是一句话都不说。

这里，马荣上前禀告说："太爷看，这下面无非是个通往别处的暗门。小人先下去探探看。"说着就取来一只烛台，到里面一照，只见有一个二三尺深的深塘，直通向那面两家公用的墙壁。暗道的上下都是用木板砌成的，没有什么泥土。马荣跳了下去，往前走了两步后，发现暗道中间有个铜铃悬挂在那儿，知道是发暗号用的，就将铃绳一抽，只听一阵响声过后，前面就有块木板突然打开，露出一个小小的圆洞来。圆洞里有四五层坡台。马荣顺着坡台往上走去，来到一个四尺见方的地方，到处观望了一番，却发现四面没有一条出路，心中不禁疑惑起来。又摸了一会儿，也不见出口。那边狄公还在等着回话，马荣此刻，止不住地着急起来。看官的，难道说，这条暗道没有出口，还是狄公判断失误，它本就不是周、徐通奸的渠道？不知其中的缘故究竟为何，且看下回分解。

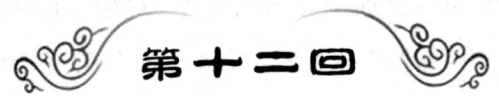

第十二回
少年郎供认不讳
奸猾妇难熬厉刑

话说马荣在这地道里面，来到这样一个所在，却找不到一条出路。心中正在焦急，突然将头一抬，顿时感觉到有块石砖被顶了起来，心里好不欢喜。立刻两手举起，将那块石砖轻轻挪过，隐隐的，那上面就射进来了光亮。马荣又伸手向洞外看去，正是在毕顺房中的床柱下面。马荣见疑惑已解，就由毕家大门绕到街上，再走进汤家门口。

众人见他由外面进来，没有不诧异的。狄公在房中故意要让大家知道，就大声问："暗道有没有通到隔壁？"乔泰答道："正通到毕顺家的床柱子下，请太爷下去看一下。"狄公就让人将汤得忠与毕老妇都带过来，同他们一起从汤家走进地道里，再从毕家走出来。这时，那汤得忠直急得目瞪口呆，恨不能立刻去死。狄公对他说："这可是你老先生亲眼所见的，不必出门，就干了那杀人的事。难道还不是你教化不严吗？"又转过身，对毕老妇说："你儿子的仇人今天已经全部抓获。现在你该明白你媳妇为何整日闭门不出了吧。"毕老妇到了此时，才知道被媳妇蒙混多时了。回想儿子身死，不由得痛入骨髓，大叫一声就昏倒在地上。

汤得忠见学生做出这种不法的事情，自己却毫无所知，又急又愧，不觉掉下泪来。狄公见他这样，反去安慰了他两句。然后又命人用姜汤将毕老妇灌醒。只见她咬牙切齿，爬起身来，就要去找她儿媳妇和徐德泰拼命。狄公连忙阻挡住，说："你这人怎么这样昏昧？从前本县为你儿子申冤，你总是执迷不悟。现在案子已经揭晓，正是你儿子的报仇之日。你就应该等候本县拷问明白，好将他们惩处抵罪。怎么又这般地无理取闹，耽误本县的正事。"毕老妇听了这话，只得向狄公叩头，哭道："不是我无理取闹，只是被这贱妇害得太毒。恨不得立刻吃她的肉。要不是太爷是个清官，我儿子真是要冤沉海底了。"说罢，又恸哭不已。狄公让人将她扶了回去，又派人将房屋查封，地窖填平，便带上所有人犯，赶回衙门。

到了次日，一早就升起大堂。因知周氏是个狡猾的妇人，暂时肯定不会承认，就先命人将徐德泰提来，堂口跪下。

"本县昨天已经搜出那通奸的地方。"狄公说，"快说，这事是从何时开始的？又是用什么东西害死毕顺的？"

"这事学生实在不知道，也不知这地窖是从什么时候就有的。"徐德泰回答，"推其原因，可能是从前地主为了埋藏金银才挖的吧。其实之前，毕家的房子与我们这边的房子都是一起盖起来的，又都同属于一个姓赵的房主。自从先祖将它们买下来后，嫌屋多人少，才将偏房卖给了毕家居住。这地窖或许就是那姓赵的挖的。总之，要因为这个地窖就指责学生通奸，实在是冤枉。还求父台开恩。"

"众所瞩目的事，你这后生都能辩洗得干干净净，归罪在前人身上。难怪能有那项本领，不出大门即将人杀死。"狄公冷笑着说，"你说这地窖是从前埋藏金银用的，那这几十年来都没人用过，里面应该尘垢满堆才是啊，为什么里面的木板一块都没破，灰尘也一处都没有呢？"

"从前地窖的四面是用木板砌好的，后来又没人打开过，所以里面才不会损坏。"徐德泰回答说。

"既然地窖只是用来埋藏金银，又为何要用那响铃呢？你这顽劣后生，今天若不用大刑，谅你也不会招了。"狄公大怒，吩咐左右差役，用藤鞭抽背。两边一声吆喝，早将他衣服撕去，一五一十的，直向脊背打下。不到五六十下，已经是皮开肉绽，喊叫不止。

"你既然如此狡猾，就令你再受大刑，方才知道国法森严，不可以人命为儿戏。"狄公见他仍不招认，勃然大怒，命人将天平架移过来，将徐德泰的发辫系到横木上面，两手绑到背后，又将他的两个膝盖对准前面两只安好的碗底跪下，脚尖在地，脚跟朝上。等他跪好后，另用一根极粗极圆的木棍将两腿压定，一边一个公差，站定两头，高下的乱踩。可怜徐德泰也是个世家公子，哪里受过这种苦楚。初跪时，还能咬紧牙忍受，此刻就直听到叫喊连声了。不到一盏茶的工夫，就渐渐忍不住疼痛，两眼一昏，晕了过去。

狄公命令停止用刑，用醋将他慢慢熏醒，又将他搀扶起来，在堂上来回走了数次，渐渐地可以开口说话了，再让他跪到案前。

"本县这三尺法堂，即便是江洋大盗，也熬不过这刑罚，何况你只是个年少的书生。你还是据实供认，免致受苦。"狄公劝道。

徐德泰到了这时，知道抵赖不过去了，就向上禀告说：

"学生深悔当初，一时糊涂生了邪念。只因毕顺在世时，开了一家绒线店。那日，学生到他家店中买货。他妻子坐在里面，见了学生后，不禁眉目送情。起初学生还不在意，几次之后，只要是学生前去，她就喜笑颜开的，亲自卖货。因此有一天，趁毕顺出去时，学生便与她苟合其事。后来周氏又设法让毕顺住在店中，自己只在家中居住。本以为学生可以时常去了，谁知毕顺的母亲又整天都在家里，并没有机会。于是就暗暗贿赂了一个匠人凿了这个地道。由此便可时常往来，也没人能够察觉。

无奈周氏心地太毒，常说这样暗去明来的不是长久之计，一心要害她丈夫。但学生坚决不同意。不料那日端阳节后，她也不知用了什么法子，还是将他害死了。当时学生并不知情。等到毕顺棺柩埋了之后，她见学生数日不去，有一夜就突然跑过来，威胁学生说：'为了你这个冤家，我都将结发丈夫给结果了，你反倒将我放到了脑后。就不怕我此时出首，说是你主谋害死我丈夫的吗？你若依了我，与我做个长久夫妻,只要一两年后,我就能想方设法让你光明正大地娶我回家。"学生那时已经是进退两难了,只得满口答应下来。

前些天,父台开棺验尸,学生已经吓得日夜不安。不料后来又验不出伤来,还将她释放了回来。这些天,她便一直与学生商量,要找个日子逃走,没想到父台又将学生提了过来。以上就是学生的供词,没有半句虚言。至于毕顺是如何被害死的,学生虽然屡次问她,她都不肯说出,只好请父台再去拷问了。"

狄公命令刑房录下口供,又将周氏提到堂上。

"你说你是个节烈的女子,为何地窖又会直通到你的床下?现在奸夫已经全部供认,你还有什么可辩的?"狄公喝道。

周氏见徐德泰背脊流血,皮开肉绽,知道是受过了大刑,就说:"皇华镇上有谁不知道我丈夫是暴病死去的。而且太爷也开棺检验过了,并找不出伤痕来。现在顶戴要被摘去了,又爱惜起功名来,想要为自己辩护,于是便想屈打成招。你说有地窖作为凭证,但可知那房屋本是毕家向徐家买的。姓徐的挖下这个地窖,后买的人又怎会知道?再说那徐德泰是个读书子弟,何时受过这种重刑?鞭打棍踩的,他为了活命,能不信口胡说吗?这事小妇人实在是冤枉。如果太爷你爱惜那功名,就不如多请几位高僧好好超度我丈夫,小妇人或许能看点情面,不去那上面的衙门控告。这事的曲直,全凭太爷你好自为之,反正小妇早已将生死置之度外了。"

狄公听了她这番话，不禁怒气冲天，大声喝道："你这贱妇，现在早已是水落石出了，你还在那里恶意狡辩。不用重刑实在是不行。"说完，命人取来夹棍。登时将她拖下，两腿套入绳眼内，使劲一抽，将横木插上。只听"哎呦"一声，周氏两眼一翻，昏了过去。

狄公在上面看见，对徐德泰说："当日她究竟是怎样谋害毕顺的，你且代她说出来。"徐德泰到了这时，已经受不了那苦，见狄公又问了一次，深恐他又会动用大刑，禁不住流下泪来，说："学生对这事也实在是不知道。如果真的与周氏同谋害人的话，在这法堂之上也不敢不供。求父台还是拷问她吧。"狄公见徐德泰这副模样，知道他不是有意隐瞒，就令人将周氏身上的夹棍松开，用凉水将她喷醒。

过了好大一会儿，周氏才醒转过来，只瘫卧在地上，两腿的鲜血淌满身旁。徐德泰站在旁边，心里实在不忍，只得升言说："我看你不如供了吧。虽然你是为了我才会受这重刑，但当时你若听我的话，虽然我们不能长久，也不至于招来今天的大祸。你既将他害死，这也是冤冤相报，你又何苦再去熬这酷刑呢！"

周氏听他这样说，恨不得立刻上前将他一顿恶打，心下想道："难怪人都说男子薄情，到了这时，反倒逼我供认。你既然要送我性命，也就别怪我反言栽你了。"当时哼了一声，骂道："你这无谋的死狗。你既然诬陷我和你通奸，那么毕顺死时，你又怎么会一点不知？若说你不是同谋，事后你就能不来询问？显然，这是你受不住大刑，在那任意胡说，不然就是被这狗官买通，有意诬陷我。"

这一番话，直说得狄公怒不可遏，当时就令人掌了她几十个嘴巴。她还仍在那里胡说。狄公心下想道："这淫妇如此熬刑，再用重刑处置，恐怕也无济于事。不如再想个别的办法。"想完，就命人将他们两个带回监牢，然后退堂。

来到书房坐定，狄公便与马荣、乔泰等商量说："望着这对奸夫淫妇却不能将他们定罪，真是令人恼火。本县现有一计在此，必须得如此……"众人听完，立刻前去办理不提。

且说周氏在堂上见狄公奈何不得自己，又恨那徐德泰无情无义，自己为他受了多少酷刑，都不曾将他供出半字，而他初次来到堂上，就直言不讳，还劝自己供认。心里越想越气，越气越恼。一个人就这样，只顾着胡思乱想。哪知到了二鼓之后，忽然周围传来了一声鬼叫，随之一阵阴风吹入里面，周氏不禁毛发倒竖，颤抖起来。

周氏心里正惧怕着，牢门猛地一开，进来一个蓬头黑面的恶鬼，上前就将她头发揪住，高声骂道："你这个淫妇，将丈夫害死还不肯招认，可知你丈夫已经告了阴状，现在正等你去对质。还不快随我前去。"说着，伸出那极冰极冷的手，拖着周氏就走。周氏早已吓得神魂出窍，昏昏沉沉的，随他来到一间殿阁内。只见许多青面獠牙的人站在阶下。堂口的刑具，诸如刀山油锅、炮烙铁磨等，无所不有。当中还设了一张大大的公案，上面摆放着许多案卷。殿内除了一对豆粒大小的绿蜡烛外，没有任何光亮。周氏到了这时，知道是来到了森罗殿上，心下一阵阵如小鹿撞击一般，目瞪口呆的，半天不敢说话。再向上一望，只见当中正坐着一个青面的阎王，黄须纱帽，满脸怒色。周氏只得在堂口跪下。只见那个提她的阴差走了上去，到案前禀告说："奉阎罗差遣，现在已将被告周氏提到堂上，请阎罗查办。"

"既然已经提来，就先将她叉下油锅，受完阴刑，再与她丈夫对质。"阎王的话还没说完，那些牛头马面就舞动着刀枪，直往下面跑来。周氏才要喊叫，肩背上早已中了一枪，顷刻间血流不止。两边还要再次动手，只听阎王身边执笔的官吏忽地喊道："大王且请息怒。周氏虽然难逃阴刑，但还是将毕顺提来问讯一下，再来定罪才是。"那阎王听完，就向下面喊道："毕顺在哪里？快将他带上。"

两边一声答应。但见阴风飒飒，灯影昏黄，从殿后走出一个少年幼鬼，面目狰狞，七孔流血。走到周氏面前，一把将她拖住，吼叫两声："还我命来！"周氏抬头将他一看，正是毕顺前来，不禁向后一栽，倒在了地上。

"毕顺，你先过来。"上面那阎王喊道："你妻子既然已在这里，这阎罗殿上还怕她不肯承认吗？你且将自己临死之前的状况，复现一遍。本王好向周氏审问。"

毕顺听了这话，就伏在案前，禀告说："大王不要再问了，说来更是凄惨。我那供词上写的都是实情，大王照着上面去问她就是了。"阎王听了这话，在案上翻了一会，找出一个呈状来。展开看了一会，不禁拍案大怒，说："天下竟有如此谋害亲夫的计策，真是毒辣可恨。左右阴差快搬来油锅伺候，如果她有半句迟疑，妄想抵赖，就将她插入里面，令她永世不得超生。"

两边答应一声，早有许多恶鬼阴差纷纷而下，加油的加油，添火的添火，专等着周氏说错了口供，就将她插里面。周氏看到这样，心想自己只有不顾性命承认谋害了丈夫，或许还能被从轻发落。于是，就上前供认。不知周氏供说出怎样一番话来，且看下回分解。

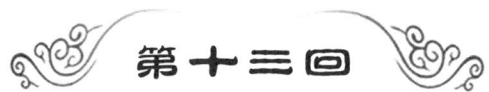

第十三回

狄梁公审明奸案
阎立本保奏贤臣

话说那周氏在阴间又受了一遭毒刑后，再不敢狡辩抵赖，就上前供认说："我丈夫本在皇华镇上开绒线店，但自从小妇人进门之后，生意就越来越少，有时一日三餐都很难维持。再加上婆婆日夜不安，无端就要吵闹，小妇人因此有了改嫁他人的想法。有一天，徐德泰来到我家店中买货，我见他少年美貌，就有了相爱之意。后来又打听到他家产富有，还没娶妻，以至他每次前来，小妇人都尽情挑逗，终于成了那苟合之事。后来又请人凿出一个地窖，以便我俩时常出入。但是，只要毕顺还在，我们就难以长久。于是，小妇人就起了杀心。趁着那次端阳节，毕顺酒醉熟睡之时，小妇人就用一根纳鞋底的钢针，对定他的头心钉了下去。他立刻大叫一声，气绝身亡。以上就是小妇人的真实供词，没有半句虚言。"

只见上面喝道："你这淫妇，为什么不害他别处，只用这个钢针钉他的头心呢？"周氏回答说："因为别处致命的伤痕一般都显而易见，这钢针却极细极尖，钉在头里面，外面有头发遮蔽，死后还有灰泥堆积。即使开棺检验，一时也看不出什么伤痕来。这也是为了预防以后被识破所用。"

"你丈夫说你与徐德泰同谋,又同他将你女儿药哑。你为什么不将他吐出?显见你在这森罗殿前,还敢如此狡猾。"上面大喝着。

"此事徐德泰真的是毫不知情。而且他屡次问起我,小妇人也没告诉过他。"周氏见阎王动怒,连忙说出真相,生怕他一声吆喝,又要把她投进油锅。接着,又叩着头说,"至于将女儿药哑的事,是因为有一天徐德泰进入房内,被她给看到了。恐怕她在外面乱说,露了风声,所以就用耳屎把她药成哑子。除了这些再没有其他的事了。求大王饶命。"

周氏供认完毕,只听上面又喝道:"好吧。谅你一个妇人,也逃不脱那阴曹刑具。今天就先放你回阳世,等到禀明了十殿阎王,再去取你的狗命,以让你继续吃那刀山油锅之苦。"说完,仍然有两个蓬头散发的恶鬼过来将她提起,下了殿前,如风走一般快,将她提进牢中后,又给她将刑具套好。

周氏等他们走了以后,吓得出了一身冷汗,颤抖个不停,遥想这性命是要保不住了。

看官,你道这阎王是谁?那又真个是阴曹地府吗?其实,这只是狄公因审不出口供,所想出来的一个计策而已:先在差役里面找出一个长相与毕顺相似的,让他装作死鬼。其他的差役则有的装判官,有的装阴差。而那些刀山油锅,也都是纸扎而成的。狄公就在上面,用黑烟将脸涂黑,反正半夜三更的,又没有月色、灯光,谁又能分辨出其中的真假?

假阎王刑审奸猾妇

此时，狄公得到了口供，心里自然很是欢喜，唯独担心那周氏天明仍不承认，就令马荣骑马出城，将毕老妇同那哑子一起带来。

两人来到后，狄公先对毕老妇说："你儿子的致命伤，本县已经知道了。你且在这里等一会，等本县把这孩子的哑病治好了，再升堂对质。"当时就令刑房将徐德泰的口供念给她听。毕老妇听完，登时痛哭连天，说："老妇人本以为媳妇静守闺房是件好事，哪想到她早已有了这种事，而且还有出入的暗门。要不是太爷清正，我儿子就是过了一百世，也没人代他伸这冤仇了。"狄公说："此时既然知道，就不必啰嗦了。"随后，便令人把黄连三钱、人黄三分调和到一起，又命那小女孩服下。

不到一两个时辰，只见那小女孩大吐不止，一连数次，吐出许多痰涎在地下。狄公让人把她扶到炕上睡下。那小女孩此刻如同害了病一样，只是嘘喘。睡了一会，又喝下一杯浓茶，便如梦初醒似的，向毕老妇哭道："奶奶，我们为什么会来到这里？"老妇人见她能开口说话了，悲喜交加，反倒说不出话来。狄公走到她面前，对她说："你不要害怕，是我叫你来的。我问你，那个徐德泰徐相公，你可认识他吗？"女孩见问了这话，登时大哭起来，说："自从我爹死后，他每天晚上都来。先前我娘让我莫告诉奶奶，后来我说不出话了，他们也就不再瞒我了。现在我娘在哪儿呢？我要找她去。"狄公见她终究只是个小孩子，就不再同她多说什么，只是取来了衣冠，准备升堂。

周氏刚在堂口跪下，那个女孩就早已看见，或许是母子天性，当时就上前喊着："娘，我怎么好几天没见着你了。"周氏见她女儿忽然前来，而且能够说话了，不禁大吃一惊，暗想："昨夜阎罗刚审问出口供，今天她怎么就能说话了？看来这事快不能抵赖了。"

"周氏，你知道你女儿的哑病，本县是怎么医好的吗？"上面狄公问道。

"这也是太爷的功德。"周氏故意说，"毕顺只这么一个女儿，能让她言语通顺，不致于残废，不仅小妇人感激，就是毕顺在九泉之下也是会感激的。"

"你倒会巧辩。"狄公笑着说，"但这次可不是本县的功劳，而是神灵的指示。因为你丈夫死后不安，告了阴状，阎罗天子审问出你的女儿是被耳屎药哑的，所以指示本县用药医治。你既然已在阴曹地府做了口供，阳间的大堂上也就不要再抵赖了。现在阴府的牒文都在案上，你就从实供认吧，免再遭那重刑拷问。"

"太爷怎么又用这无稽之谈来哄人。"此刻，周氏虽然心里已如冷水一般，但嘴上依旧不愿供认，"女儿本来就不是天生不会说话，随时都能说话，也在意料之中。你要说我在阴曹认了供，我又没有死去过，怎么会到阴曹那儿去。"狄公听完，拍案大怒，连声喝道："掌嘴！"众差答应一声。打完后，狄公说："我现在就说出真相，看你还怎么狡赖。你丈夫的死，伤痕是在头顶上，谋害的器具是一根钢针。我说的可对？到了这时，你再不承认，不但眼下要受那重刑之苦，就是到了半夜三更,也难逃那阴间的大刑!"

这一番话早将周氏吓得魂飞天外,自知抵赖不过了,只得将当时如何生了邪念,又如何谋害毕顺的话,在堂上供认了一遍。狄公命刑书录下口供,并令人先将周氏带下。

随后,狄公派人将汤得忠由捕厅内带出,当面申斥了一番,说他固执迂腐,疏于管教。汤得忠满面羞愧着去了。狄公又给那毕老妇与女孩子一些钱,好让她们回去度日。然后,狄公将毕顺的案子及各个要犯的口供,做成了四份公文,呈报了上去。不久,上宪发下处置凶手的批文来,判决正犯周氏凌迟处死,徐德泰虽未同谋,但此案毕竟是因他通奸而起,所以被判为绞刑处死。

至此,毕顺的疑案终于了结,这昌平县内无人不称赞县太爷英明正义。街头巷尾的议论纷纷,一传十十传百,不到半个月,那山东的巡抚就知道了这事。

且说那山东巡抚,姓阎,名立本,也是位正直无私、访察民情的好官。一月之前,狄公因开棺验尸而导致反坐、自请处分的状子,就是传到了他的手中。当时,阎公读过后,心里很是疑惑,推想:即便狄公只是个殃害百姓的恶官,也还不至于顶着反坐的罪名,去开棺验尸。其中必有缘故。所以,仅给狄公批了个革职留任。这天,阎公看过狄公此案的结果后,不禁拍案叫道:"天下竟有这样的好官!若不能在朝廷做事,而只在这偏州小县里做个邑宰,岂不可惜!我阎某不知道便罢了,既然今天晓得了,就一定要保举他入朝为官。"随即,写好奏本,上报朝廷,请朝廷升狄公的官职。

话说此时的天子，正是晏驾的高宗皇帝的皇后武则天。那武后本是太宗的才人，被赐号叫作武媚。太宗驾崩后，她被发放到尼姑庵中，削发做了佛门弟子。谁知她才貌超人，心计非凡，早在做太宗才人时，就与高宗皇帝苟合过。于是，高宗即位后，就常借着出外拈香的机会，去偷见这个女尼。当时，高宗的王皇后正与萧淑妃争风吃醋，得知此事后，就密令她偷偷蓄发，纳入后宫。不上几年，就被封为了昭仪。后来，她巧用毒计，将王、萧二人害死，从此登上了正宫之位。高宗驾崩后，她便将中宗贬到房州，降为庐陵王，自己登基作了天子，国号改为周。所有她娘家的内侄，如武三思、武承嗣等人，都被加封加爵，把持着朝政。把个李唐的江山，几乎都改为了武姓。那武后虽然性情阴险，严格防范李唐王朝的旧臣，所幸有一个好处，就是凡有才学的人，她都算敬重。

阎立本知道武后的为人，虽想整理朝纲，无奈一人力量单薄。此时见这位狄仁杰有如此才华，便立刻上报给了朝廷。这日武后上朝，看到奏本后，说："这狄仁杰在高宗时，曾中过明经科，本是先皇的臣子，应该早被重用。并且又有阎立本的保奏，就升他为汴州参军吧。至于邵怀礼、毕周氏两案，凶手分别斩首凌迟。狄仁杰完结所有案子后，立刻奔赴新任。"皇旨一下，狄公当即在大堂上设了香案，望着京都的方向谢恩。

将几位凶犯按旨正法处死以后，狄公便换过便服，只等新任县官来到，交代过官印，就赶往汴州上任。一连等了数日，在衙门里也没有什么事。这天午后，忽然差役进来报道说："现有抚院的差官在大堂等候，说是特奉了圣旨前来的。请太爷到大堂接旨。"狄公听了这话，非常诧异，不知是为了什么事。只得匆匆换上朝服，来到大堂上，行过那三跪九叩之礼后，那差官才打开一个黄皮匣子，取出圣旨，开始宣读。原来是则天皇帝爱才心切，不等狄公奔赴汴州上任，又将他升为河南巡抚，转同平章事。狄公接过圣旨，望着京都方向谢恩。

第二天，新任县官赶到，狄公转交过印绶后，准备起行。全县的男女老幼，无不沿道相送，涕泪交流。狄公安慰了一番，方才出城离开。

这日到了山东府衙，狄公便前去禀告卸任县官的事。阎立本见他前来，立刻命人打开中门，亲自迎于阶下。

"大人是上宪衙门，怎敢劳烦您亲自迎接，让狄某深感不安。"狄公诚惶诚恐地说。"尊兄是宰相之材，他日定在我辈之上。况且今日也是河南巡抚，官位相等，又怎能欠失礼节？"阎公真切地回答。两人闲叙了一会，狄公便问起当今的朝政、臣宰情况。阎公见他问了这话，不禁长叹一声，见左右没人，当即垂泪说道："目前武后执政。中宗又遭到贬谪。武三思等奸臣干预朝政，还有张昌宗那班狗党，出入宫闱，做尽伤天害理的勾当。眼见这唐室的江山，就要被这妇人断送了。下官思前想后，现在只有像尊兄这样的臣子，才能清肃朝纲，保得江山依旧大统。所以才竭力保举，只希望能与尊兄同心合力，报效国家。"

"大人请放心。"狄公听后，也是闷闷不已，但仍旧激昂地说:"下官此去定会尽忠报国。若不将武三思、张昌宗等人依法治罪,也对不住这皇天后土。"当时就在阎公的巡抚衙门住了一宿,两人杯酒谈心,自然格外亲近。

次日一早,狄公与阎立本长亭告别后,就带上马荣等几个随身仆从,起身离去。一路风尘仆仆,渡过黄河后,便进入河南境内。当日,狄公深恐沿路的官僚听说自己到后,会迎送铺张;而那些土豪恶棍则藏头匿尾,让自己难以访出他们的罪状来。所以也不声张,只带着仆众数人先找了家客店住下。第二天一早,命令众人在客店守候,自己只带了马荣一人,就出门离去,沿着各乡各镇先私访了一圈。

一日,两人来到清河县的一个村庄,见许多人拥着一个五十多岁的老人,众人都在那议论纷纷,唯有那老人低着头颅,不说一句。颇为奇怪。欲知此处究竟发生了何事,看官的,请看下回分解。

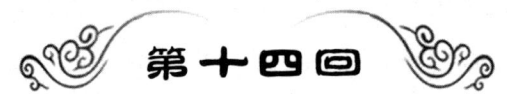

第十四回
清河县私访民怨
小黄门贪赃遭参

　　且说狄公来到河南境内后，先与马荣来到村镇上私访一番。这天，在清河县一个村庄上，见许多人拥着一位老人议论纷纷，不知出了什么事情，就走到前面细听。

　　"你这人也不知道利害。"大家在那七嘴八舌地说，"上个月王小三子为他妻子的事，给他家的人打了个半死，到现在还没回来。胡大经的女儿被他抢去，连个寻死的机会都找不到。你呀，儿媳妇抢都抢了，还能怎么办呢？难不成能将他告下去？我们劝你还是省点气力，就当没这儿媳妇了，好好将小儿子拉扯大吧。"

　　狄公听到这，心里已明白了大半，就向前问道："你这老人为什么在这儿哭得这样厉害？"

　　"听先生你的口音，应该是个过路的客人，就不妨告诉你吧。"旁边一个人说，"这事说来话长。我们这县里有一个富户人家，叫作曾有才。本是张昌宗家一个三等丫头的儿子，不知怎么得了许多的钱财，就来到这里居住。"讲到这，那人看了看四周，压低了声音说："张昌宗，大家都是知道的。因他与他兄弟两个少年美貌，就被太平公主推荐到宫中，伺候当朝天子。两人整天更衣抹粉的，把个天子迷得万分喜悦，所以文武大臣都恨不得立刻去巴结他们，就连天子的亲侄儿武三思等都听他们的指挥，以便相互勾结。那个曾有才有这么个靠山，再加上本地的县官周卜成也是张昌宗提拔上来的，所以两人立刻勾结起来，更加目无法纪，做尽了坏事。这位老人家是本地的良民，叫郝干庭，生有两个儿子。去年大儿子因病死去，留下一个吴姓的媳妇。那吴氏虽是一个乡户人家，却深明大义，立志在家中侍养翁姑，为丈夫守节。谁知前天那曾有才到东庄收租，经过这里，见她有几分姿色，就喝令佃户将她抢了过去。现在已有两天了。他到县里去喊冤，那县官反倒说他无理诬陷，于是他还要去那府衙状告。本来我们邻舍人家都该帮他一起申冤，讨个公道的，无奈世道已变，连太子都被无辜贬罚，何况我们这些百姓。又有谁会为我们做主？所以我们都在这劝他吞了这口气，好落得个安静日子，免得再自寻苦吃。"

狄公听了这话，不由得怒气填胸，心里感叹不止，就向那老人说："你既然受了这种冤屈，我就帮你指一条明路吧。大家可知道现在本省的巡抚已由狄大人前来担任了？这个人专代百姓申冤，为国除奸。目前就要渡过黄河抵达京城了。"

"这人可是叫作狄仁杰的吗？听说他在昌平县，曾断了许多疑难案件。"众人连忙问道。

"不错。"狄公回答后，又接着对那老人说，"你先忍耐几天，等他到了衙门，你就前去控告。我刚才听说还有两家也受了害，你最好约上这两个人同去，包你们能讨回个公道。

我只是个行路的人，见你们如此苦恼，才告诉你们的。"众人
自是欢喜不提。

随后，狄公继续私访，沿途又访出许多案情，多是张昌宗
的狗党们所做。当时就一一记在心中。然后回到客店，歇了
一天，这才进京。进京后，按照规定，先去黄门官那儿挂号，
以便明天在宫门外好听候召唤。

且说这个黄门官，本是武三思的小舅子，叫作朱利人。
武后因他是娘家的亲戚，又有武三思的竭力保奏，才让他做
了这个差使。从此，无论大小官僚，只要是想启奏朝廷或面
见武后的，都非得送他些钱财不可。此时，见狄公前来挂号，
知道他是个新上任的巡抚，疑惑他也知道自己的这个规矩，
准备送些钱财给自己。所以立刻命人请他进来。彼此见过
礼后，坐下。

"最近武后传旨，特授大人河南巡抚一职。这可是不一
般的提拔啊，莫非大人是托哪位贵人亲友保奏的吗？"朱利人
开口说。

狄公一听，心里早已不悦，明知道他是武三思的小舅子，
仍故意问道："足下的亲戚是谁？下官还不曾知道呢？"

"原来大人是初次做这京官，难怪不知道呢。"朱利人笑
着，得意地说，"本官虽当这黄门的差使，但也侥幸列于皇亲
国戚的行列。武三思就是本官的姐夫。对了，大人是何人帮
忙举荐的？"

狄公听后，脸色一变，说："下官本是先皇的旧臣，通过明
经考试才被授予昌平县令一职。虽然官卑职小，也只知道尽

忠效力,为国为民。又怎会书信贿赂,请他人帮忙举荐呢?至于下官的升职缘由,乃是圣上的恩典,怎么会是小人们所能知道的呢?"

朱利人见狄公这样正言厉色,知道是个冰炭,心下暗骂:"你也不问问,现在是谁掌权。说出这一派恶言,岂不是在故意骂我?哼,不管你说什么公正不公正,这规矩也是一文都少不了的!"当时,又笑着说:"原来大人是圣上特别恩准的,怪不得这样小视下官了。若说下官这差使,虽也是有俸有禄,无奈收入太少,所以不得不取偿于各位……"

"你这该死的匹夫!"狄公大声喝道,"平时就贪赃枉法,作恶多端。本院是清廉忠正的大臣,哪有这赃银给你?你要明白,本院只知道唐朝的国法,不知道误国的奸臣。就算他是天子的内侄,本院也会依法惩处,何况你们这班狗党!"

朱利人被狄公骂了这一顿,一时转不过脸来,不禁恼羞成怒,说:"我道你是个堂堂的巡抚,所以才与你相见,谁知你目无国戚、信口雌黄。这黄门官也不是为你而设的,你也休想轻易走过我这道门路。你有本领,去见皇上就是了。"说完,两袖一起,转入后堂去了。狄公哪里容得下去,高声大骂了一回,也怒气不止,出门而去。

话说狄公虽然大骂着走出朱家,心里还是忧虑那朱利人会趁机报复,阻止自己面见天子,便决定先下手为强。一个人想了一会,觉得目前京中只有通事舍人元行冲,不与这班人为伍,何不前去拜访一下,也好同他商量个良策,以便将朱利人严加惩治。想完,就带上马荣,直向元行冲的衙门而去。

这边，元行冲因连日为国事担忧，无奈势单力薄，没有同力之人，正在书房中长吁短叹。忽见家人拿来一张名帖，说是新任巡抚前来拜访。元行冲抬头一看，见是"狄仁杰"三个字，心下好不欢喜。随即命人打开中门，自己亲自迎了出去。当时，两人见面，携手一起来到厅前，坐下。

叙过旧后，二人谈到国事，免不了又是一番感叹。随后，狄公就将与朱利人见面的事说了一遍，元行冲说："只可恨多数的朝廷官员都谄媚于他。平日官员觐见圣上，不是一千就是八百，他就坐地收赃，日复一日的，竟成了牢不可破的惯例。京城中，只有下官与张柬之等四五人，没有给过他这赃款。尊兄既然要清除这一弊端，必须等到明天下官上了朝，然后尊兄再如此……"两人商议已定，随后入席对饮，开怀述说。直到二更以后，方才散席分别。

次日，刚到五更时分，狄公便穿好朝服，也不管那朱利人是否代他启奏过朝廷，就公然来到朝房，专等入朝觐见天子。

一会儿，朱利人的小黄门走了进来，高声说道："皇上有旨，今日诸臣必须按照名次先后，入朝奏事。没有名字的，不准擅自进入，违者斩首。"说完，从袖子里取出一道圣旨，上面写了许多人名。小黄门从头到尾念了一遍，其中唯独没有狄公的名字。狄公知道是他在假传圣旨，就上前问道："你这小黄门，既然在这里当差，本院昨天刚挂过号，怎么不去禀告圣上，宣我觐见呢？"

"你是在问我吗？"那个小黄门将他一瞥，冷笑着说："这又不是我不令你进去。等到有一天你见了圣驾，那时在金銮殿上询问明白，不就是了。"

狄公听了这话，怒从心头起，只因为圣驾还未临朝，不好预先争论。众人听了，也都不说话。

不一会儿，景阳钟声响起，武后临朝。众大臣起身走出。狄公等众人走光后，也起身出了朝房，直向午门走去。那个小黄门看见后，赶紧追了上来，喝道："你也是新上任的巡抚，难道连朝廷的规矩都不懂吗？你不在被召见的行列，还不快给我出去！"说着抢上一步，伸手就揪住狄公的衣襟，要拖他回去。

狄公当时怒不可遏，举起朝笏就向小黄门手掌猛力打去，高声喝道："你这狗头，本院也是朝廷的重臣，封疆的大吏，昨日已经挂过号了，你等狗头凭什么假传圣旨，挡我入朝？"那小黄门见狄公如此动怒，就开始故意栽诬，高声喊道："这是朝廷的朝房，你这人如此无理，难道是想来行刺的吗？"里面的太监听见外面喧哗，不知出了什么事，立刻命人去奏报武后，一面有许多人过去询问。

此时，元行冲等众臣都侍立于两旁，武后正在御案上观看呈上的奏本。忽然值殿官向前奏道："启禀陛下，现在不知是什么人，竟在朝房里揪打小黄门。这般目无法纪，紊乱朝纲，还请陛下惩处。"

武后正要说话，元行冲早已俯到了金阶之上，说："请陛下先将朱利人斩首，然后再传旨查办。"武后问："卿家何出此言？他担任黄门官一职，有人无理闯入，自然是要拦阻的。为何反倒要将他斩首呢？"元行冲说："回奏陛下，请问新任的河南巡抚是谁？封疆大吏入京见驾，陛下准他来不？"武后回答说："朕正想见到此人。听山东巡抚阎立本上奏说，狄仁杰在昌平县内尽心为国，慈爱百姓，颇有宰相之才。朕又念他是先皇旧臣，因此越级升用他为河南巡抚同平章事。此旨传谕已久，想来此人也已经到京了。卿家为何还要询问呢？至于大臣入京觐见，则都要在黄门官处先挂号，再由黄门官奏知，这也是国家定例。卿家难道不知道吗？"

"正因为臣晓得，所以才请陛下将朱利人斩首。"元行冲说，随后，便将朱利人如何索要赃款，狄仁杰又如何拒绝以至于觐见受阻，原原本本地说了一遍。

武后听了元行冲的话后，心想："朱利人是武三思的妻舅，也就是我娘家的国戚。如果此事准了他的奏请，不但三思颜面无存，就是朕也觉得没有体面。倒不如让三思出去查问，好让他们私下解决。"当时就向下面说道："朱利人作为当今国戚，怎能如此贪鄙？武三思，朕命你立刻前往朝房查办。如果真是狄卿家的话，就即刻带他来见朕。"

武三思知道武后的意思，当时就出班领了旨，下了金阶，心里暗骂了一路："元行冲你这老匹夫，朱利人向狄仁杰索要费用，关你什么事？你与张柬之平时一毛不拔，已算你们是个狠手，为什么还要帮着别人不拔银两。众人都不开口，你偏奏一本，而且不单只参他一人，还要参上我。要不是天子是我姑母，我俩的性命岂不都被你送去了？你既然如此可恶，可就别怪我等心狠了。"

心里想着事，不知不觉已来到了朝房，果见小黄门与一个朝服朝冠的大员，在那里争论。武三思只得走上前去，向着狄公做了一个揖，说："大人是朝廷重臣，为何与小吏争论，失了体统。若这班人有什么过失，只要据实奏说就行了。现在圣上有旨，要召见大人，请随我前去吧。"狄公将他一看，年纪很是年轻，绿袍玉带，头戴乌纱，就知道他即是武三思。当时故意装作不认识，高声说："我就说当今圣上非常清明，怎会有不召见新任大臣的道理？可恨这班小人欺君误国，败坏了圣上的英名。朱利人那厮还以武三思为护身符，算什么皇亲国戚。"接着，又缓和了语气，问武三思，"还不知道大人尊姓大名？真是失礼。"

不知这武三思听他骂了这一番，又突然问起自己姓名，该做何回答，是喜是怒，请看下回分解。

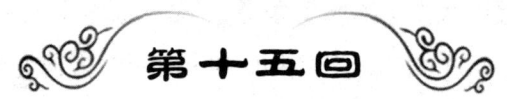

第十五回
接印绶旧任受辱
审恶奴老民申冤

　　且说武三思被狄公骂了这一番，哪里还敢开口，心想："此人非比寻常。此时当着我的面都能装作不知，这般地指桑骂槐。背后怎样对付我等，也就可想而知了。"突然又见他问起自己的姓名，更是不敢说出，只回答："圣上正在金殿等候大人，还请大人快点赶去吧。你我同为一殿之臣，此时不知，日后总会知道的。"说完，喝令小黄门退去，自己在前面引路。

　　来到午门，武三思先让狄公在此等候，自己进去到御驾前禀奏。随后值殿官出来传唤狄公觐见。狄公立刻趋步走进午门，俯伏在金殿上，向上奏道："臣河南巡抚狄仁杰见驾，愿吾皇万岁！万岁！万万岁！"

　　武后在御案上用龙目一望，只见他跪拜雍容，实在是宰相的气象，立刻问道："卿家何时由昌平起程的？沿途看那百姓的收入可都丰足不？近来朕闻知卿家政绩卓著，求才心切，所以才将卿家越级升任。"狄公当即奏道："臣愚昧之才，诚惶诚恐，只有尽忠报效圣恩。臣上个月从昌平赶往京城，沿途见年岁丰收，只是贪官污吏太多，民不聊生，令人担忧。"

武后听了这话，连忙问道："朕自登基以来，屡下诏令，命地方官吏要勤俭爱民。卿家见谁胆敢残害百姓，就据实奏上来。"狄公奏道："现有河南府清河县县令周卜成，便贪赃枉法，鱼肉百姓；境内富户曾有才霸占民田，抢掠妇女。百姓控告，衙门反说小民的不是。追究原因，才知道两人都是张昌宗的家奴。张昌宗是皇上的宠臣，所以他们才敢目无法纪。这只是地方上官吏的积恶，臣也只能发现一二。至于京城的贪官，就拿黄门官朱利人来说，臣是奉命的重臣，却因拒绝给他钱财，而被他假传圣旨阻挡见驾，要不是陛下清明，臣就是再等上一年也难见龙颜。而这班小人胆敢如此，也是仰仗着武三思、张昌宗等人的原因。陛下若再不将这些贪官惩处，恐怕百姓受害日久，会激化成民变。臣受国恩深厚，所以冒死上奏，请陛下裁决。"

武后听了他的奏请后，大惊，暗想："这人好大胆量。明知张昌宗、武三思都是我的宠爱之臣，还敢刚进京城就如此参奏，可见他平时是为国为民而不避权贵的了。但要将二臣就此革职，心里实在不忍，若不理会，百官更是不服。"想了一会，才说："卿家所奏甚是。现撤去朱利人黄门官的差使、周卜成清河县令的职位。等到卿家到任后，再将贪官一并擒拿归案。至于张、武二人，虽然家奴在外作恶，他们也是难以知情，况且他们平日事朕有功，就先饶恕这一次吧。"狄公听了这番裁决，立刻叩头谢恩。武后又命他即刻赶赴新任，然后退朝。

狄公走出朝堂后，与元行冲二人拍手称快，又相互勉励了一番，随后分手告别。自此，所有奸臣都知道了狄公的厉害，再不敢小视于他。

不说众人心怀畏惧，单说狄公到达河南巡抚衙门后，一面让马荣告知府衙大小官员，一面亲自去拜见前任巡抚。当时到了衙门，将名帖递上。见是前来接任的大人，家人连忙到里面通报。一会儿，出来请狄公入内。狄公跟着那家人穿过中门，但见院中间有一大臣，冠带齐整，正站在阶下等候。见狄公来到，那人立刻赶上一步，高声说道："下官洪如珍不知大人垂顾，迎接来迟，还望见谅。"狄公见他如此谦厚，也就说："大人是前任大员，怎敢劳烦您亲自迎接？"说着两人就来到花厅，分宾主坐下。家人送上茶来，二人开怀叙说。

"不知大人打算何时接过官印？下官好准备迁出衙署。"洪如珍先问。

"已经选择十三日接印。下官才华庸俗，深恐会有负重任，所以特来请教大人，对地方上的公事案件，都该注意、留心一些什么？"狄公谦抑地问。

洪如珍见狄公这样，觉得他或许真的是才疏学浅，反倒不把他放在心上，就说："说到公事案件，自从本院接任以来，无不管理有方，官清民顺。即使有那不寻常的案件，也都没什么要紧的，不需要忧虑。"

"照此说来，大人在任这么多年，真是小民的福气了。"狄公听了他那一番言语，心里好笑，接着说，"但不知怎地，下官从山东来到清河县内，却听说大人属下有个叫周卜成的很是祸国殃民，不知大人可曾听说过？"

"唉！大人只知道一面。"洪如珍叹了口气，回答说，"却不知这周卜成乃是张昌宗保奏，皇上亲自授予的县令。本院也是无奈啊。常言道，识时务者为俊杰，大人虽然刚正，但恐怕总这样刚直地做事，会耽误了自己啊。"

"我还道你是个正人君子，原来也是个狗徒之流。"狄公登时大怒，说："本院只有一句话问你，你这官是为皇上做的，还是为那张昌宗做的？那个周卜成，你若不知道，防范不严的罪名还尚可宽恕。可你明明知道他残害百姓，还是这般。原来你就是这样来识时务的。可见，也不过是个误国误民的奸臣，更不配与本院相见。"

这一番话直说得洪如珍哑口无言，两耳通红。过了一会儿，只得自己认错，说："下官明知自己不能胜任，也曾多次请求辞职归乡。现在大人既然来了，才真是等到了万民的福分。"狄公见他惭愧，也就起身告辞，上轿而去。

回到寓所，刚巧元行冲前来拜访，狄公就将刚才的事说了一遍，然后问："这洪如珍不知是个什么出身？为什么做了许多年的封疆大吏，看他的举止行动，还像个不学无术的。"元行冲长叹一声，说："当今是瓦石胜金玉了，说来也可耻。只因皇上宠爱一个美貌和尚名叫僧怀义的，对他是百般娇纵，就连武三思等见了他，也以僮仆之礼相见，呼他为师父。那洪如珍本来只是个市侩无赖，因自幼与僧怀义交好，便将儿子送在他的白马寺中，拜他为师，专门学那令人不齿的春闱秘法。僧怀义又将他儿子推荐给皇上，大获宠幸。于是，就升洪如珍做了这个巡抚。"

狄梁公正言斥奸庸

狄公听了,也就长叹不已,说:"起初还以为只有张昌宗这班小人,没想到还有僧人邪道。不知道这个人现在是在宫中,还是在寺内?"元行冲说:"现在还在寺中,但也难保不会偷偷潜入宫中。"当时两人又谈论了一会,元行冲方才离去。

到了十三日这天,狄公先入朝见过圣上,然后依照礼制,办完巡抚交接的各项事务。这边,堂下各位官员差役刚叩礼完毕,狄公就在堂上写好公文,立刻命人到清河县传唤周卜成、曾有才,及受害百姓郝干庭、胡大经、王小三子,火速前来省城。

且说那周卜成,自从得了这个清河县的县缺,心里好不得意,总觉得自己巴结了张昌宗这么多年,才做了这官儿,真是不易。若不在任上作威作福、捞点油水,实在是辜负了这个县令。恰巧,到任不久,他又见到曾有才也住在这里,更是喜出望外,立刻与他勾搭到一起,凡是自己不好出面的事,都让曾有才去做。无论霸占良田还是抢夺妇女,都让曾有才先去吃个鲜,然后再归自己享用。如果有人来告,他一概都驳斥个不准。因此,外人只知道他与曾有才是一类,殊不知他比曾有才还坏百倍。那日将郝干庭的媳妇抢来,笑着对曾有才说:"虽然这人我很是中意。但还是先给你享用吧,完事后,再给我受用。"两人正在得意,谁知还没过几天,京城突然下道旨意,将他这县令给撤了。当时就写了一封书信,并许多金银礼物,派人连夜进京,请张昌宗帮忙周旋。不料人刚被派走,河南府的专差就来到了,命二人连同原告三人,立刻都前往巡抚衙门接受提审。于是,五人各怀心事,赶到府衙不提。

第二天早晨,狄公罢朝之后,随即升坐大堂,先提原告郝干庭进堂,差人吆喝一声,早见郝老儿跪到了案前。狄公往下喊道:"郝干庭,你抬起头来,看看是否认得本院?"郝干庭战战兢兢抬头向上面一望,不觉吃了一惊,立刻在下面叩头说:"小人有眼不识泰山,不承想那日竟是大人私下暗访。这事大人也都亲眼看见了,并无半点虚假,只求大人令他们将人放回就行。其余的事,求大人也别再审问他们了。他们有张昌宗在天子面前袒护,大人要是办得厉害了,虽是为了我们百姓,也只怕会误了自己的前程。小人们情愿花点钱,其余就随他去了。"

狄公听了这话,暗暗感叹不已:"天下怎会没有好的百姓!你以慈爱待他,他就如对待父母一样敬你。本院要为他申冤,他反倒请本院只把人取回,其余别在深究,怕的是张昌宗会暗中害我。这样的百姓,还有何说?只可恨那班狗头,鱼肉小民,贪得无厌。"当时就说道:"你等不必多言,本院自会处置。"随后,传唤其余四人上堂。

话说那周卜成来到堂口后,在案前跪下。狄公将他一望,不禁冷笑着说,"原来是个鼠眼猫头的种子,难怪心地不良,毒害百姓。快说,你是如何与曾有才狼狈为奸,荼毒一方的。"

"革员自上任以来,从不敢做违礼的事。"周卜成见狄公这派威严,虽早已乱了分寸,但依旧妄图狡辩,"若说曾有才抢占民女,革员当时怎么会没有听说?而且受害百姓为何不立刻前来状告,而要事隔多日以后,才来捏控诬陷?何况曾有才是张昌宗的旧仆,知法懂法,就更不敢做这种不齿之事了。还请大人明察。"

"你倒辩得爽快。"狄公冷笑道,"百姓若能在你管下状告,他儿媳妇就不会被抢去了。你以为他是张昌宗的旧仆,本院就不会审问了吗?"

当时一声招呼,将曾有才唤到堂口,将惊木一拍,喝叫左右:"将这厮夹起来。"两边早上来两个差役,把曾有才腿上的衣服退去,套入刑具圈里。只见绳索一抽,"哎哟"两声,曾有才昏死了过去。

狄公命人止了刑,对着周卜成说:"这刑具想来你也曾用过,不知冤枉了多少百姓。若再不从实供来,让你也尝尝这滋味。"周卜成哪里还敢开口,只在地下叩头不止。狄公也不再说什么,让人用凉水将曾有才喷醒。约有半个时辰,有才方神魂进窍,苏醒过来。自己低头一望,只见两腿如同刀砍一般,血流不止。

"你平时拿刑法当儿戏。"狄公说,"本院问你,现在郝干庭的儿媳妇究竟在哪里?还有王小三子的妻子、胡大经的女儿。"

曾有才此刻已是痛不可忍,深恐再用刑具,自己小命不保。不如权且认了供,到时再请张昌宗帮忙。暗自计算好了,就立刻向上禀道:"现在郝家媳妇在清河县县衙里,其余两人都在小人家中。小人自知有罪,只求大人开恩。"

狄公又命人将他抽了五十鞭子,才命人将他拖了下去,然后对着周卜成说:"曾有才已经招供了,你还有什么可赖的?若不将你也责罚一顿,人们还以为我偏心于你呢。左右,且打他四十大棍。"两边吆喝一声,将他拖了下来。好容易将大棍打完,又把他推到案前。周卜成哪吃过这种苦头,勉强跪下之后,就将自己如何指使曾有才出面去欺压百姓的事,老老实实地全说了一遍。狄公命人录下口供,又令郝干庭等三人,拿着他的公文,到清河县去将人领回。三人叩头去了。

且说这边,瞅着周卜成跪在堂上,狄公摸摸胡子,暗自揣摩:"不如借这个案子,趁机侮辱一下那个张昌宗,省得他不知道我的厉害。不如……"主意想定,就向周卜成说出一段话来。不知狄公的这个捉弄究竟为何,周卜成又是否同意照办,且看下回分解。

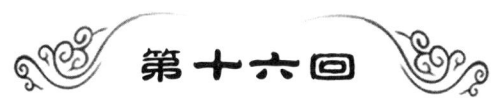

第十六回

辱奸贼设计讥嘲
恶豪奴恃强图劫

　　且说狄公瞅着周卜成跪在堂上，打算教训一下这班小人，揣摩了一会，想出一个有趣的主意，当时就向周卜成喝道："你作为地方县令，竟然执法犯法，真是死有余辜。"周卜成听了，只急得叩头不止。

　　"我问你，你是要活呢，还是要死？"狄公问。

　　"革员知错了。蝼蚁尚且贪生，何况革员呢？求大人开恩饶命。"周卜成急忙回答。

　　"好吧，本院现有一件事，你要是能好好地做，就饶你一命。否则也免不了要枭首示众。"狄公说。周卜成听说可以活命，已经是意想不到，还有什么不行的。狄公看他同意了，就说："本院刚才细想了一会，觉得你们之所以犯罪，也是被那张昌宗所害，不能全怪你们。所以，本院也不为难你，你只要将自己是怎么卖入他家为奴，又如何被他保举为官，再如何因罪遭到革职的事，在堂上用纸旗写好，明天和曾有才一起去游街。凡到了一个街口，就停下来高声念一遍，本院就格外施恩，饶你一条狗命。"周卜成听了，心里实在是为难。若说不行，眼见自己的小命就要不保。若骤然答应，万一张昌宗恼羞成怒，反过脸来奏知了武后，自己同样也是没命。内心犹豫着，口中只是不说话。

"本院对你已经非常宽厚了，你怎么不做回答？"狄公知道他的意思，故意催促说，"莫非是怕张昌宗会怪罪你吗？要知道这事是本院命你做的，他即使动怒也只会仇恨本院，与你没有关系。或者是你自知有罪，不愿在世为人了。那好，左右，将这厮推出去斩了。"两边吆喝一声，早将周卜成吓得魂飞天外，连忙失声哭道："大人请息怒，革员做就是了。"狄公见他已经答应，就命巡捕赶紧做好一面纸旗，铺在地下，让他在下面录写。周卜成此刻只想要命，也不问张昌宗如何，立刻就在地下，从头到尾写了一遍，递上给狄公观看。狄公过目之后，就用朱笔做了点标注，随后命巡捕将他带了下去。

第二天五更时分，狄公入朝，在朝中见到了元行冲，就把这主意对他说了一遍。元行冲也是得意。退朝之后，回到衙门就先将曾有才提到堂上，把自己对周卜成的处置告诉了他，然后取出那面旗子，对他说："他是个知县人员，尚且如此处治。你比他更贱一等，岂能随便开释？本院因为对他已经宽恕，若只将你一人治死，未免对你有点不公，所以命你和他一同游街去。只要他到了街巷，你就先拿着小铜锣敲上几下，等到街坊的百姓都过来观看，再让他高声朗诵。这也是本院格外仁爱的地方。你要是愿意，现在就在堂上先演练一遍。"曾有才听了这番话，明知道张昌宗面上难看，无奈自己的性命更为要紧，何况周卜成都能答应，自己又有何不可？当时就答应了下来。

狄公命巡捕取来一面小锣，一个锤子，递到曾有才的手中，令他操演。有才接过手来，却不知怎样敲法，两眼直望着那个巡捕。下面许多百姓、差役，望着他那样子，实在是好笑。只见有个巡捕走了过来，将铜锣拿到手上，敲了一阵，高声说道："军民人等听了，我是张昌宗的家奴，只因犯法，受罚游街示众。大家欲知底细，且听他念得如何。"狄公在上面看得清楚，向曾有才说："他既然已经传教你了，还不过来敲几下，让本院听听。"

曾有才只得照着巡捕的样子，先敲了一阵，才要喊"军民人等听了"，下面许多的百姓都忍不住大笑起来。有才见众人一笑，又住口不说了。堂上的巡捕上前骂道："你这厮在堂上尚且如此，若到了街上还肯说吗？还是请大人将你斩了，悬首示众，免得你这般为难。"曾有才听了这话，望一望狄公，赶紧求着说："巡捕老爷请息怒，我说就是了。"当时老着面皮又说了一句："我是张昌宗的家奴。"此刻，堂下那片笑声，真如翻潮一样。

狄公也觉得好笑，随即命人将周卜成带上，问道："昨天你写的那面旗子，还记得吗？"周卜成说："革员记得。"狄公说："很好。本院怕你一个人朗诵会没意思，就帮你约了个伙伴。命曾有才敲锣，等百姓都聚集了，那时你再念。刚才他在堂上已经演练过了，你现在过来和他配合一下。"说完，命曾有才又敲锣唱说了一遍。周卜成把头一低，恨不得找个地缝钻进去，哪里还肯再念？狄公问："他已经敲过了，你怎么还不念？"周卜成只是不开口，见旁边巡捕提鞭要打，才急忙叩头说:"求大人开恩到底,将这口供免了,只让革员游街吧。革员知错了,从此一定改过。"

"本院要不是因为你愿意念这供词,为何要免你的死罪呢?你现在倒想得陇望蜀了,还不快念。"狄公喝道。周卜成嘴上还是念不出来,心里一急,无意中就说出了几句混账话,"大人与张昌宗也是一殿之臣,小人犯了罪本来就与他无关,为何大人不顾同殿之情,一定要牵涉到他身上?"狄公听了这话,怎能忍受下去,登时就将惊堂木一拍,高声骂道:"好大胆的狗才,敢这样冲撞本院。左右,将他重打一百!"两边差役见狄公如此震怒,哪里还敢怠慢,立即就将周卜成拖下,举起大棍就向两腿狠命打去。但听那哭喊声不绝于耳,好容易将一百大棍打完,周卜成早已瘫软在地,再也爬不起来了。

狄公命人将他扶起,问道:"你愿意念吗?若仍不愿意,本院就趁机将你打死,好让曾有才一个人去。"周卜成究竟还是以性命为重,低声回答说:"革员再不敢违背大人了。但现在已不能行走了,还求大人开恩。"狄公说:"这事不难。"随即命人取出一个大大的篾篮,让他坐到里面,把旗子插在篮上。然后,传来两名差役将他抬起,其余人押着曾有才,由巡捕骑马带领,纷纷出了衙门,直向街前而去。

到了街口,先令曾有才敲一阵锣,说了那几句话,然后就让周卜成照旗子上的念一遍。所有街坊的百姓听后,无不拍手称快,大笑不止。更有那班无业流氓和那幼童小孩,不知轻重,见这两人如此丢丑,真是喜出望外。一会跟着周卜成叫念一阵,一会又取过曾有才的小锣,在周卜成耳旁没命地乱敲。那些巡捕正要借此羞辱张昌宗，哪里还去拦阻。

又过了许多街道，众人来到张昌宗家的巷口。于是令曾有才对着巷口敲。曾有才哪里还敢愿意，只是在那里苦苦哀求。巡捕只好拿出皮鞭，对着曾有才身体狠抽起来。不一会儿，来到了张家门口。里面的家人听到门外喧吵得厉害，就赶出来查看，发现曾有才正被一群差官押着行走，手中还拿着一个小锣。曾有才眼睁睁地瞧着里面的人走出来，指望他们能给自己讨个人情。谁知张家这般豪仆，因连日闻听狄公的厉害后，知道狄公不好得罪，都只是干干地望着，没人敢上前去。

曾有才见他们一个个都不说话，只是眼睁睁地望着自己，心先凉了一半。再加上背上的鞭子不停抽来，迫于无奈，只好又敲了两下，那些小孩子已抢先喊起来："军民人等听了……"登时，街面上又是笑声震耳。曾有才到了这时，再也顾不上面皮了，就接着将后几句念完。随后就轮到周卜成来念。那周卜成哪里愿意，只是低头不语。巡捕官见他这样，举鞭又打。那边的家人们，留神看过纸旗上的字后，无不感到惭愧，直向门里走去。顷刻之间，已是一个人都没有了。

周卜成见众人都走了，更是大失所望，也不再挨那鞭苦，照着旗子就念了一遍。谁料张昌宗此时已从宫中回来，正在厅前议事，忽听门外喧闹，就让管家出来询问。你到那管家是谁？正是周卜成的兄弟周卜兴。走出门来，见他哥哥如此狼狈，也不管这是狄公的罚令，仗着张昌宗的势力，就上前骂道："你们这班狗头，是谁让你们这样的？还不快给我把人放下。"那些公差见里面出来的这个后生，如此出言不逊，哪里容他放肆，登时就回骂了几句。周卜兴见他们不放人下来，立刻冲上前去，对着其中一个抬篾篮的差役就是一掌，左手一伸，又把那面纸旗抢了过来，摔在了地上乱踩，一面还骂道："你能打得我哥哥，我就打得你这班狗头。"众差役见他这样，立刻就上来许多人，将他也乱打了一阵，揪着他的发辫，要带回府衙去。周卜兴本来就年纪尚幼，不知国家法度，此刻见众人前来揪打自己，更是大骂不止。里面的张家奴仆原本不敢上前过问，见周卜兴已经闹大了事，就壮着胆子赶了出来，其中有几个好事的，还帮着他揪打，并将一个巡捕拖进了门去。

张昌宗在厅上正等着回信，忽见看门的家人跑了进来，嘴里只叫"不好"，才知道外面已经闹大了。家人们又添油加醋地描述一遍，只想着撺掇教唆他出去。张昌宗果然怒气勃发，匆匆赶往门口。但见周卜兴躺在地下，口中还在叫骂。周卜成望见张昌宗走了出来，赶着在篮内喊叫："六郎快救我，小人痛煞了。"张昌宗向他一望，只见他两腿淋漓，尽是鲜血，早已是目不忍视。当时就对着众差喝道："你们这班狗头，是谁命你们前来闹事的？这人是我的家人，现在虽是革职人员，也不能随意用刑拷打，而且还羞辱到旁人。还不快给我放下。小心明天早朝，送你等的狗命。"说着，喝令众人将周卜兴扶起。随后又想把曾有才、周卜成两人拦下，打算明日在皇上面前求一道赦旨，便可无事。

此时，众院差见张昌宗出来，总因他是皇上跟前的宠臣，不敢十分拦阻，只得上前说："六郎请息怒。其实我等也只是奉了上面的差遣。六郎如果要这两人，最好到衙门向狄大人讨个情。以六郎这样的势力，未有不准的道理。但若此时在半路将人拦下，六郎虽然不怕，可就害苦了我们。"周卜成见巡差换了口吻，一味地向张昌宗讨情，知道是怕他的势焰，立即说道："六郎，不要信他的哄骗。如果小人再被他们带进衙门，就没有性命了。"张昌宗听了这话，对着他的家奴说："你们给我将这班狗头打散。管他什么差遣，人我是一定要留下的。"这声吩咐一下，就见许多家人如狼似虎般的，赶上前来与院差争夺。不知众人能否抵住张家豪霸的争夺，且看下回分解。

第十七回

好巡抚设计骗人
张六郎自入牢笼

话说此时,彼此正在争斗着,突然马荣、乔泰不知何时奔到了众人面前,对着张昌宗等大喝:"你们是什么人?敢在半路抢劫。还不赶快住手,将那个撕旗的交出来。"原来狄公早就料到周卜成到了张家门口定会求救,唯恐院差们会寡不敌众,所以暗令马、乔二人远远地接应。此刻,那张昌宗还不知道什么利害,见马荣等陡然上来,又说了这番话,更是气不可遏,随即骂道:"你这大胆的野种,关你什么事,敢在这乱说。"又转过身对他的家奴喝道:"你等先给我将这厮打死,看看谁来给他出头。"马荣见他来骂自己,也不与他争论,举起手就向那班豪奴左三右四地打去,立刻打倒了六七人。乔泰趁着众人正乱着,早把周卜兴从地上提起来,夺路而去。张昌宗知道不好,还要命人去追,哪知这里,周卜成与曾有才又被那些院差抬上肩头,蜂拥而去。马荣见众人已走,拾起地上的纸旗向张昌宗说:"我劝你小心些个。别以为你出入宫闱,就可以毫无忌惮。狄大人可不是好说话的。"张昌宗见众人已经远去,登时喊道:"罢了罢了,我张昌宗要不将他置之死地,也不知道我的手段。明天我就上金殿和他理论去。"说完,气冲冲地走进里面。那班豪奴见主人尚且如此,谁还敢再上前过问?也都退了进去。马荣见了,甚是好笑。

且说众院差回到衙门,将这件事禀告了狄公。狄公笑着说:"我正要寻他的短处,如此岂不甚妙。"接着,便向巡捕如此说了一遍,然后穿好冠带,立即升堂,命人把周氏两兄弟并曾有才一同提上来。三人到了案前跪下,狄公先将周卜成训斥一顿,随后看着周卜兴说:"你哥哥所犯的法,你可知道?本院是奉旨查办,那旗上的口供也是他自己写录的,又盖上了本院的盖印。如此慎重的物件,你竟敢抢去撕踹,还有什么王法?左右,给我推出去斩了。"

四周登时一片死寂。

"大人,卑职有事要禀。"大堂两旁突然走出来两个巡捕,直赶到案前跪下,说:"周卜兴虽然不该撕去纸旗,但也只是他一时情急所致,再加上张昌宗又出来吆喝,因此才敢如此胆大妄为。求大人看在他是初犯的份上,先饶他一命吧。"

狄公听了这话,沉吟了一会,才说:"你这话虽然有几分道理,但那张昌宗也不应该过问这事。即便有心袒护,也该来本院这儿当面求情,才是正理。这样吧,本院就暂且宽恕他们一晚,看那张昌宗是否前来后,再做决定。"说完,命巡捕将三人带去,分别收管,然后拂袖退堂。

且说巡捕将周卜成带到里面,对他说:"你们先前只是恨我们打你,怎知道我们也是奉了上面的命令,不得不如此。再说刚才,要不是我在大人面前求情,你那兄弟早就一命呜呼了。但即使求了情,也只能保他到明日。假若今天张六郎不来,不但你们三人会没命,就连我也会受到连累。那位大人究竟是怎样的,你们也都知道。不过,要说到权势,当今在京在外的大小官员,谁不仰仗武张两家的势力?只要张六郎能来这一趟,莫说你们不会送命,就是连打也不会有的了。如果他再说两句中情的话,还怕你们不被立刻释放吗?诸位再好好斟酌斟酌吧。"一席话,直说得三人转忧为喜。但周卜成仍心存顾虑,怕到时张六郎不来,狄公再将他们治罪,于是说:"你的好意我们岂会不知,只是我们都被关押在这儿,六郎那里也没法打听得到,我们又没人能去送信。可怎么办呢?"巡捕说:"这有什么难的。你在他家那么多年,字迹他一定应该认得,何不写一封书信,我这里立即派人送去。他见了这信,自然明白,还有不来的道理吗?你若觉得这样可行,我马上就去喊人。此事不能再拖延了。"

周卜成听后,当时就请他取来笔砚,自己忍痛坐了起来,勉强写好书信,递给了巡捕,说:"不管是谁去,都请他对那守门的家人说声,请那家人帮忙。因为他是六郎面前最信任的人。"

巡捕答应了,将信取出,转身就来到衙门,回禀了狄公。狄公命陶干前去投信。陶干换过衣服,就将信揣在怀中,直向张家走去。到了门口,止步向里面一望,但听众人说:"我家六郎今天也算是初次动怒。平时都是别人前来恭维,自然连句高声的话都没说过。但这狄仁杰实在太没心肝,也侮辱得他太过厉害了。"陶干听得清楚,故意咳嗽了两声,走进了里面。只见门房边正坐了许多人,在那里议论着。

"请问门公,这里可是张六郎的府上吗?"陶干上前一步,笑着问。

里面出来一人,将他一望,说:"你是哪儿来的?会不知六郎的名望?故意前来乱问。"陶干说:"不是小人乱问,只因这事必须秘密才好。若走漏了风声,小人实在担当不起。"说完,就将狄公如何要斩周卜兴,巡捕如何帮忙求情,狄公又如何发出六郎求情的话来,统统说了一遍。然后就从身边取出信来。众人见这信果然是周卜成的笔迹,就赶着进去禀告,让陶干在门旁等候。

此时,张昌宗正在屋内与那班顽童婢女们商议,预备在这事上将狄公扳倒,以免后患。忽见家人送进一封信来,就展开观看。看过后,说:"这事怎么能做?他虽是巡抚,我的身份也不在他之下,前去向他求情,岂不被他耻笑?再说他今夜也不敢怎么处治,只要等到明日早朝,我在圣上面前求张圣旨,还怕他不放人吗?"众人见他不去,齐声劝道:"六郎虽然势大,可是人还在他手里。他此时之所以不敢处治,也是因为畏惧六郎。若再不给他点体面,到时他恼羞成怒起来,竟将他们三人处死,可就后悔莫及了。现在难得他有这样的意见。而且这次拜会,不但可救了他们三个,还可冰释前嫌,随后相处也容易些。小人们的意思,还是六郎去比较妥当。"

张昌宗见众人说得也算在理,就说:"这次真是便宜他了。你们叫来人回去报信吧,就说我随后就到。"众人见张昌宗肯去,立刻出来告诉了陶干,让他快点赶回去。陶干口中答应,心下甚是好笑。当即匆匆回到了衙门,回复了狄公。

狄公也是得意，命人布置不提。

且说张昌宗自从打发了陶干去后，就立刻进屋换了一身簇新衣服。乌纱玉带，粉底靴儿，灯光下越发显得那脸蛋如雪一般白。本来武后就常命他平时多敷点香粉，此时因为要拜会狄公，就格外又多擦了许多，远远望去，真比那极美的女子还要标致几分。接着，张昌宗在厅前上了大轿，身后跟着许多娈童顽仆，直向巡抚衙门而去。

到了衙署，一行人在仪门口停下。家人投进了名帖。狄公见他已来，随即传令各个巡捕，准备大堂伺候。然后，自己换上了冠带。又担心张昌宗会不遵循规矩，就将衙内供奉的那个万岁牌子也从后堂取出，亲自捧到大堂的公案上。

这边，张昌宗坐在轿内，见号房进去通报了许久也没有出来，正在心里疑惑着，忽然看到衙署的仪门大开，走出来两个巡捕，到轿前抢三步请了个安，高声说道："狄大人现在大堂上还有公案，请六郎就在这里相会吧。"张昌宗听了这话，心里疑惑不已，只得走出轿来。再向堂上一望，那等威严，实在是令人害怕。远远的，就望见狄公高坐在公堂上，一动不动，心下更是疑惑，无奈已经下轿，就只好移步走上堂来。张昌宗刚要绕过堂口，就见一个差役在上面喊道："大人有命，来人就在这里相见。"

张昌宗一听这话，就知道有了变卦，赶着上前朝狄公做了一揖，说："狄大人请了，张某这边有礼。"狄公也不起身，只对着下面问道："来者何人？为何还不下跪？难道不知道到此要下跪吗？何况这万岁的牌位还供奉在上面。"张昌宗见狄公以皇上来压他，知道是有意挑衅，一时也不敢争论，只是向着上面，笑道："大人莫非认错人了？这里虽是法堂，但我也不能跪你啊。我们还是后堂细谈吧。"

"你竟然如此不知礼法。"狄公猛地将惊堂木一拍，大声骂道："无论谁来到公堂之上都要下跪，是国家的定制。你既是张昌宗本人，为何会不懂国法，莫非是冒充他前来的吗？左右，还不快将他拿下，打下狗头，以儆效尤。"张昌宗见他这样吩咐，急忙走下堂来，想转身离开。谁知下面早走上来四五个院差，将他拦截住。张昌宗早知中计，冲着堂上喝道："狄仁杰，你竟敢设计骗我。好，我现在就算跪下，也跪的是万岁。可知道我早晚是要走出这衙门的，到时金殿上，再同你辩论，看你能拿我怎么样。"

狄公哪里能容他这般放肆，高声骂道："你这厮若真是张昌宗，可快快说明，本院自然与你商议。但你明明就是假扮禁臣，已被本院察觉，还敢在那里信口狡辩。"张昌宗听了这话，方才恍然大悟，心想："难怪他刚才如此做作，原来是怕来者不是我本人，白做了人情。因此先在大堂上问明真假，再等我说情，到时大众都知道我前来求过他。即使圣上知道了，他也可推到我身上。人人都说他心地刁钻，看来果真是了。"这样一想，不免重新得意起来。望着上面，将那求情的话，笑着说了一遍。其间，免不了露出那小人得意之态。

狄公听他说完，将惊堂木一拍，立刻在刑杖筒里摔下许多刑签，当时大喝着说："你这厮好大胆，到现在还敢信口胡诌。本院今天让周卜成游街示众,张昌宗那狗头还吆喝恶奴,妄图抢劫,并留下话要去圣上面前与本院辩论。现在莫说他不敢前来,就是那不知道利害的,今日被本院这一顿羞辱,也要愧死了。还有什么脸面前来求情?据此看来,不是冒充又是什么?左右,还不快将这厮拿下,重打四十大棍。"堂上那些院差起初还不敢动手,此刻见狄公连声叫打,横竖不关自己的事,加上他平时虐待小民,已是恨之入骨,于是,趁此机会便一声吆喝,将他拖下,顷刻之间,就将两对白嫩的细腿打得血流满地。张昌宗从未受过这样的苦楚,起初还喊叫辱骂,随后就噤不出声来了。众院差虽因是狄公吩咐,但还是怕将他打坏了,自己到时也脱不得身。于是就将他扶了起来,取来一碗糖茶,命他吃下。

张昌宗此刻只恨自己的家人不来抢护,弄得自己独自受这苦刑。狄公见院差将他打完,又问道:"你还要冒充张昌宗吗?若仍然不说实话,本院就拼了这顶乌纱,将你活活打死算了。"

"求大人开恩。"张昌宗心里虽是愤恨,但深恐狄公再用那大刑,只得向上说道,"小人本是张昌宗的家奴王起,因同事周卜成犯罪,恐怕大人将他治罪,所以才冒充主人前来求情。此时小人已经知道错了,还请大人宽恕。"

狄公听他说完,心下忍不住暗笑,想道:"你这厮也算知道本院的厉害了。"转念又一想:"现在若不得那厮一个手笔,明天就怕要反受他诬害。"于是,立刻命刑书录了口供,再让张昌宗在上面画了个冒充的供押。

狄公设计惩六郎

　　此时，那些张家的豪仆们，一个个吓得如同死鸡一般，虽然全在，但都躲在那仪门外面，只是时不时向里张望一下。张昌宗满心委屈，泪水涟涟的，将那脸上的香粉都流滴了下来。狄公见了，突然将惊堂木一拍，当即又大喝起来。不知狄公此次为了何事，竟如此动怒，且看下回分解。

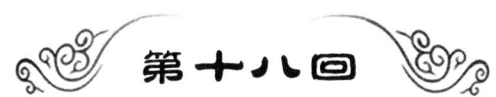

第十八回
求人情恶辱六郎
遇良友始访奸僧

话说狄公见张昌宗泪水涟涟,将脸上的香粉都流滴了下来,猛地将惊堂木一拍,当即大喝:"你这厮好大的胆。本院只道你是个男子,哪知你还是女流。真是不法之极。"张昌宗本以为画过供后就可以被释回家,不料他又突然大发雷霆,如同霹雳一般,当即吓得魂不附体,连忙求道:"小人真的是男子,还求大人免究。"狄公盯着他,说:"你还要抵赖吗?既然你是男人,为什么要面涂脂粉?"张昌宗见没法辩白,只好继续编弄着说:"小人因见张昌宗平日入宫,都涂抹脂粉的,因此冒充他前来,也就涂了许多,以作为掩饰。不料还是被大人看出来了。"

"你倒是想得周密。"狄公冷笑着,说,"本院也不责备你了。不过你胆敢冒充他人,真是可恶。你既然要面皮生白,本院偏令你满脸漆黑,好让你下次不敢再犯。"随即命院差到堂口的阴沟里取来许多臭秽污泥,涂到他的面皮之上。张昌宗见会这样,只急得心如火焚,无奈又不敢求饶,只得任由那些差役摆布。登时,把一张雪白如银的面脸,就给涂得如同泥判官一样,真是令人哭笑不得。狄公见众人涂完,才又开口说:"本院今天就开一次法外之仁,放了你这条狗命。但以后若再仗着这张昌宗的势力,挟制官长,一定将你捉拿严办。"说完,也不发落,只把张昌宗的口供收入袖中,就退入了后堂。那些张家的豪仆,见狄大人已走,才一窝蜂赶了上来,也不问张昌宗如何,将他纳进轿内,抬起就走。

狄公在后堂等他们走后,又升起了大堂,将周卜成等三人传到案前,怒说:"你们这班狗才,已经犯下了不赦之罪,还敢私自传书,让那张昌宗前来求情,真是可恨!今天若不将你等治罪,人人也都可犯法了。"说完,就喝令院差将三人捆绑起来,推出辕门外即刻斩首,再将首级挂在旗杆上面示众。所有在辕下听差的大小官员们,见此情景,无不心惊胆怯。其实,狄公本不想将他三人处死,只因为张昌宗既已过来求了情又受到这次窘辱,肯定会到武后面前哭诉,到时一旦接到朝廷的赦旨,全活这三人还是小事,只怕那张昌宗就再也压服不住了。所以,倒不如将他们三个,先斩后奏。明日就算武后问起,也只说他们是被审出了口供,按罪当斩。况且还有张昌宗今夜的口供,到时拿它再解释一番,即便是武后也无可奈何了。当时发落已毕,狄公立即来到书房,写好一道奏稿,以便明早上朝时用。

且说这边,张昌宗被抬进家中。众人一个个,无不咬牙切齿，痛恨狄公用计太毒。张昌宗骂道："你们这班狗才，我当初就说不去，你等偏要撺掇我去。到了现在，还只是在屋内乱讲。我脸上的污泥，你们看不见吗？可怜这双腿到现在仍然血流不止。还不快给我熏洗好了，好让我进宫告诉圣上去。"那些人听他说了这番话，再朝他的面皮一望，心里虽觉好笑，外面却不敢启齿，只是赶紧给他洗净了面孔，敷好了棒伤。张昌宗见包扎完毕，就勉强乘上轿，由后门潜入到了宫中。

此时，武后正与武三思商议着要事，忽然听到张昌宗前来，心下大喜，说："朕正愁独自寂寞呢，他来伴驾岂不极妙？"随即宣他进来。早有小太监禀告说："六郎现在身受重伤，不方便行走。所以请旨皇上，可否命人将他搀进来？"武后不知出了何事，只得令武三思带领四名值宫太监将他扶入。张昌宗见了武后，随即放声大哭，说："六郎受陛下厚恩，可以起居于宫院。谁知狄仁杰知道后，心怀怨愤，竟将六郎辱打了一番。几乎痛死了。"说着，就卷起裤脚，让武后观看。武则天看过后，连忙安慰着他，说："朕因他是先皇旧臣，才命他做了这河南巡抚。前日撤了黄门官的职任，不过是保全他的体面而已。这次又与六郎过不去，若不传旨追究，恐怕他以后更无所畏惧。六郎先在宫中安歇一夜，明日早朝再为究办。"张昌宗见是这样，也就谢恩起来。一夜无话。

次日五更时分，武则天临朝，文武大官两旁侍立。值殿官上前喊道："有事出班禀奏，无事退朝。"只见狄公走了出来，禀道："臣狄仁杰有事启奏。"武则天心下正是不悦，这时又见他出来奏事，就说："卿家自从入京以来，每天都有启奏。今日又有何事，莫非又是参劾哪位大臣吗？"狄公听了这话，知道张昌宗已经进宫在武后面前哭诉过了，当即叩头奏道："臣官居巡抚，深受皇恩，若有事不报，就是欺君误国。"随后，就将昨日自己如何处置周卜成等，张昌宗又如何出面拦截的事，原原本本地叙述一遍。最后说："到了晚上，臣正要在衙门里重新提审犯人，谁料突然闯进来一个名叫王起的豪奴，冒充张昌宗本人，借口说情，想要将犯人们带走。后来经臣严审，才查出了真伪。现有口供在此。"

听到这里，武则天问道："卿家所奏，可是事实吗？假若真的是张昌宗前去说情，那你也将他治罪不成吗？"狄公回答："如果真是张昌宗前来说情，臣必当先奏明陛下，再交给刑部审问。但那个人只是他的家奴，所以理当由臣来讯办。"说着，就从怀内取出口供，交给值殿太监呈上。武则天从头至尾看了一遍，上面都是张昌宗的亲口所供，没有一处可以批驳，心里虽然不悦，但也不便怪罪，就说："好吧。明天将他交给刑部监禁，等到秋后处斩了。"狄公听了，心下暗喜道："幸亏我有先见之明，否则这事肯定被他给翻过了。"想完，又上前奏道："臣因周卜成等犯罪之后还敢私通他人前来说情，昨夜已问定口供，将他们推至辕门外斩首示众了。"武则天听了这话，心想："此人胆智如此惊人，看来虽是碍着张昌宗的情面，也不能奈他怎样了。"于是说："卿家办事有守有为，值得嘉尚。但以后行事，还是要先奏明朕才是。"狄公当时也就回了一声："遵旨。"

退朝出来，所有宫廷的大臣，看到狄公如此刚直，连张昌宗都被依法惩治，身受棒伤，无不心怀畏惧，不敢妄为。

狄公退入朝房，正巧遇到了元行冲。彼此谈了一会，都非常痛快。元行冲说："大人如此严威，想那几个狗头从此都要收敛许多了。但是这些人都是恶名昭著，容易访查出的。只有那白马寺的僧怀义，秽乱春宫，耳不忍闻。皇上还时不时以拈香为名，去看望宠幸于他。不知大人能否将他也整顿一番，以此清除污秽。"

"白马寺僧人不法胡闹，下官也早有耳闻。"狄公说，"但不知这白马寺离此有多远？里面又是怎样一种状况？这些都须访问得明白，才可前去。"

"这些下官都知道。"元行冲回答说，"白马寺离京城不过一二十里路程，从前宰门往北走，一路上都有御道。将御道走完，前面有一个极大的松林，这寺庙就在那松林后面。里面房屋不下四五十间，僧怀义就住在那南花园内，离正殿行宫虽远，但下官听说，其中另有暗道，不过走过一两间房屋便可相通。此人年纪约在三十以外，虽是佛门的孽障，却也是闺阁的美男。听说他又在那寺中收了许多无赖少年，专门教传那春宫秘法。洪如珍的发迹,也是因为自己的儿子那般才会开始的。"狄公一一听完,记在了心中。彼此分别回去。

到了衙门,安歇了一会,狄公就将马荣、乔泰喊来,把要严惩白马寺不法僧人的事说了一遍,让他俩先到那里查访一下。马荣说:"这事小人倒容易查得出。只是有一件事,不知大人可否知道?"狄公说:"现在若什么事本院不知道的,你就快快说来。"马荣说:"这个僧人虽是可恶,毕竟还住在宫外。目今还有一个姓薛的,名叫薛敖曹,专门住在宫里,与张昌宗相继为恶。所做的坏事,真是悉数难尽。大人须将这人也一起设法处治了,方可无事。小人因这是宫中的暗昧之事,一直不敢乱说。刚才大人谈到这里,才敢禀告。"狄公叹了一声,说:"国家已如此荒淫,天下又怎能太平。此事本院自会按情办理,你们二人先去白马寺查访吧。"

马荣、乔泰领命出来,先到街坊上去探问一趟,到了黄昏时分,饱餐一顿后,就穿上夜行衣,由前宰门走出,直向大路而去。走了有一二十里后,果见前面出现一个极大的树林。古柏苍松夹于两道,远远望去好似一团乌云盖住。其间,涛声鼎沸,碧荫葱茏,倒是一个世外的仙境。马荣感叹着说:"你看这派气概,实在是个仙人佳境,只可惜被这淫僧居住,把个僻静山林都变作了龌龊世界。"两人又走了一会儿,已离林前不远。抬头一望,但见松林左边露出一路红墙。墙角边一阵钟声,直传向林外。只觉那清脆的"铿锵"两声,就令人立刻尘俗顿消。

两人找到了寺庙后，就穿出树林，顺着月色，直来到庙门口的一道大河面前。只见那河又宽又长，把整个寺庙刚好环上了一圈。二人看过地势后，就一先一后，在河岸上用个燕子穿帘的姿势，两脚将下面一垫，如飞鸟一般，穿过了那护河，直来到岸对面。

顺着红墙，又转过几条斜路穿过一个牌坊，两人就看到三座寺门。当中门额上有块石匾，上面镌有"敕赐白马禅寺"六个字。两扇朱漆山门上，钉着一对赤金色的铜环。两人将那铜环抓住，将门轻轻一推。幸喜一丝响声也没有，那门就被推开了。两人挨着身子进去后，正在四下张望，突然听到左边的板壁后，隐隐传来说话的声音。二人来到板壁前面，顺着板缝儿向里一看，但见一个四五十岁的僧人和一个白须老者，正坐在那油灯旁边闲聊。聊的正是僧怀义抢占良家妇女等事。马荣在外边听得清楚，就拖过乔泰，低声商议说："我们把他二人喝住，让他把寺内的事情都说明了，再到前面引路，可好？"乔泰点头同意。

当时马荣就拔出腰刀，让乔泰在外面防备，恐怕有人前来看见。接着，自己就抢上一步，左脚一起，将那扇山门踢开。

"你这秃驴，是要死还是要活？"马荣将腰刀向桌上一拍，又顺手揪起和尚，大喝着说。那和尚见一个手执钢刀的大汉突然冲了进来，疑惑他是僧怀义的党类，登时就吓得神魂失散，两手护着袈裟，浑身发抖。嘴里急了一会，才说道："英……英……英雄，僧……僧……僧人再不敢了。刚才……才是大意之言，求……求……求英雄饶命。"马荣知道他误会了自己，就大喝着说："你这秃驴，当俺是谁？你快将僧怀义那厮的种种恶状细细说来，俺不但不杀你，还给你个极大的好处。若是不说，俺就先杀了你这厮，再找那狗头算账。"和尚听了这话，方才明白，就说："英雄既是怀义的仇家，就先请松手，容僧人起来慢慢地说。"马荣听后，就把腰刀一抽，将手一松。只听"咕咚"一声，那和尚不曾留意，一个跟头栽到了地上。

马荣见他如此模样，知道他是害怕，就说："你不用怕，好好说来，俺定有好处给你。"不知那和尚说出怎样的一番话来，且看下回分解。

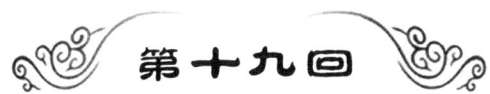

第十九回
山门老衲说真情
巡抚妙计遣公差

话说马荣将手一松，那和尚由于体胖松弛，又未留神，就一个跟头先栽了下去。然后，自己爬了起来，一一述说起来："本来小僧才是这寺中的主持。只因那僧怀义面貌俊美，当今皇上非常宠幸，所以就命他做了这个白马寺的主持，而命小僧看守这山门。从此他便奸淫妇女，无恶不作。前日见王毓书员外家的儿媳妇李氏有几分姿色，还自己假传圣旨，到王家化缘，说皇上要拜四白八十天黄忏，让各位王公大臣募捐银两。王员外知道他来历不浅，当时就给了五千两银子。他又令王员外带领合家大小男女前往庙中行礼，并说如果他们不去，就是违旨。王员外无奈，只得前去。那淫僧便趁机令人将李氏分开，骗到了暗室里面。随后王员外回去，不见了他儿媳，就前来寻找。那淫僧听了，反说是人家扰乱清规，污浊佛地。王员外不敢与他争论，只得抱头鼠窜而去。看来他这冤情是没处伸了。那淫僧得手后，就想对李氏非礼行事，所幸这李氏竭力抗拒，整天痛骂，虽然进来了数日，也始终不能近身。所以僧怀义无法，只得将平日那个相好的王道婆找来，先行出火，然后给了她钱财，命她向李氏劝说。如果李氏答应,就让她俩作什么东西夫人。那王道婆约定今晚前来,所以这个山门才没关闭。"

马荣听后,说:"竟然会有这样的事。你先带我进去,将那淫僧杀死,岂不除了大患。"和尚连忙说:"英雄切勿粗莽。这白马寺自大殿起,直到淫僧的内室,各处都有机关,而且暗室的前面,还有四人把守。听说那四人武艺高强,本来都是绿林大盗,因犯了大罪又被淫僧求情得以免死,因此才为淫僧卖命。外人若是进了大殿,无意间碰上那暗门,猛陷下去后就莫想再活命。游人到此,无辜送命的也不知道有多少?你虽然有这般本领,恐怕也不是他的对手,我劝你还是不要妄想了。这也是僧人的一派真言。你赶快出去吧,那个王道婆就要来了,若是看到这里来了生人,你我都会没命。"马荣将腰刀插入鞘内,说:"你放心,包不连累你,我出去就是了。"当时出了房门,将门带好,然后与乔泰商量说:"你我先躲在这龛内,等候那道婆前来,好随她进去。"说完,两人各去准备,不提。

不一会儿,果然听到外面有人谈着心走来,又"咯咋"一声将山门推下。

"净师父哪里去了?"一个女人高着嗓子喊。里面和尚赶着出来,回答说:"王婆婆来了? 僧人方才进房有点事,正巧你就来了。"马荣从龛内向外一看,见是个四十上下的妇人,满脸满身的淫气。见和尚出来,就向后面那个女子说:"你先回去吧,我到明晚也不见得回去,这两天就先让我快活快活吧。其实本来我也想带你一起进去,但那个馋猫一见到你,就要动手动脚。所以等以后有了方便,我再带他到你那儿吧。"外面那人啐了一声，就转身走了回去。

这里，道婆命和尚将山门关好，就自个儿提着个灯笼，向大殿走去。乔泰听了她刚才那派言语，已经是气不可遏，本想上前一刀结果了她性命，被马荣急忙拦住了。两人见她进了大殿，立刻跳出神龛，捏着脚步随后跟来。王道婆走到大殿门口后突然站定，左脚向门槛上踹了两下，当时一阵铃声响过，顷刻间从里面出来几个人，嬉笑着将道婆迎了进去。马、乔二人蹿到房屋上，随着下面人群的灯光，一路跟踪。

众人又穿过几个偏殿，便来到一个极大的院落前面。那院落左边有个月洞门，众人走到那门口，只将门外的那块方石一敲，两扇门便自然打开了。但见前面是一带深竹，过了竹径，才是三间方厅。众人到了厅内，道婆喊道："秃子，还不出来迎接。你再待在里面，我就要走了。"这话还未说完，只听一个人大声回道："我的心肝，你再走，我就死过去了。"随后，众人哄然大笑。马荣不知何事当时就蹿身下来，隐藏在竹林里，向厅前一看，只见一个少年和尚一丝不挂，赤条条地站立在前面。原来是道婆说要回去，他来不及穿衣服，才这个样子跑了出来，直引得众人大笑不止。马荣虽是气愤，也只得耐着性子向里望去，但见僧怀义正同那道婆，手搀着手朝那上首房间走去。而众人则顷刻间全都不见了。

又等了一会儿，马荣走到那房间的窗下，侧耳细听，却只听到那阵阵笑声传来，心里实在忍耐不住，拔出腰刀就想进去动手。忽然又听到有哭声隐隐传出，知道是李氏被困在了里面，就勉强按下性子，转身来到了院内，命乔泰在竹院内等候,自己则顺着哭声暗暗听去,却是在地窖里面。马荣来回走了两趟,也找不到门路。正在寻找着,忽又听到一阵笑声从远处传来,原来是那奸僧与道婆走出了厅门。马荣大吃一惊,深恐被他们看见。正要躲避,铃声再次响起,只见许多男子一起走了出来,对着道婆说了一通混话。说着,那道婆一笑,将那门槛一踹,众人顷刻间又消失得无影。

马荣知道他们又下了地窖。见四下无人,就走了出来,与乔泰一起侧耳细听。但听那道婆已走到地窖内,开始软硬并施地劝起那王家娘子来。正听之间,忽然铃声又是一响,马荣两人当时又吃了一惊,赶紧用了个蝴蝶穿花的姿势,蹿到了竹园里隐身。回头向原地一望,早见两个人捧着一个瓷盘向东而去。不一会儿,那二人已取了水回来,依然是铃声响动后,人就进去不见了。

马荣二人重新走出来细听,只见那道婆说道:"娘子既然来到了这里,就算是现在出去,也未必有了干净名声,倒不如成全了好事,对你们两人都有好处。再说,像怀义那样美玉似的人都不愿要,还想要怎样的?我知道你的意思,昨天刚进来,羞答答地不好意思,所以当时把话给说满了,到现在又转不过脸来,其实心下早已是动情了。总是怀义不好,不能体察人的意思,那就由我来代你收拾,好让你们二人亲亲热热地在一处。"说着,就好像要上去给她搓脸解衣的光景。

马荣听后,正在怒气填胸,里面突然"啪——"地传来一掌耳光声,一个人随即骂道:"你当我是谁了,敢用这派花言巧语。可知我乃是金玉之体,松柏之姿,怎比得你这蝇蛆逐臭的烂物。今日我被那贼秃困在这里,拼作一死,到了阴曹地府,也要同他在阎王面前算账。想要苟且,真是痴心妄想。你若再敢动手,就先与你拼个死活。"谁知那道婆被她这一顿痛骂后,非但不动气,反倒哈哈大笑,说:"娘子你也太古怪了。我说的是好话,你反将我骂了这一顿。好吧,我不动手,看你这副要死不活的样子,几时是个尽头。我出去了,免得你又要生气。"说完,就向众人说:"你们在此看守着,我去报个信。遥想那秃驴,现在不知怎么个急法呢?"当时又听铃声一响,马荣二人疑惑里面又要有人出来,就再次隐藏进竹林内。谁知等了一会,并不见有什么动静,两人方才知道这暗室里面还有其他的道路。于是,又将寺院打探了一遍,便走了出来,蹿过护河,向城内而去。

到了衙前,正巧天色已亮。二人吃过了早饭,就来到书房,向狄公禀告了这一夜白马寺所发生的点点滴滴。狄公听了,自是气不可遏,忙说:"本院待会儿就让陶干前去王家,将王员外传来。你们今夜还得辛苦再去一趟白马寺,然后可如此……"马荣等听后,领命各去准备。随后,狄公即将陶干唤进,命他立刻出城,并将刚才的话又说了一遍。陶干当即走出衙门,飞马向城外而去。

一路风尘仆仆,终于来到了王毓书家的门口。陶干下马,请庄丁进去报过信后,就来到厅前与王员外见过了面。但当他开始问起僧怀义抢夺李氏的事时,那王员外只是遮遮藏藏的,不愿说出。后来见陶干情真意切,确认他不是奸党前来探风的,才泪流不止,说出了实情。陶干随即就告诉他狄公的计策,并让他配合出力,那王员外自然是万分感激,稍作犹豫便允诺了下来。当天下午,王员外就率领乡上的农户大约有八九十人,来到府衙喊冤。狄公故意上堂询问原因。王员外就将僧怀义抢占他儿媳的事哭诉了一遍,并有意说出不逊的言辞。狄公当时装作大怒,立刻将王毓书收禁衙府。狄公此举,不过是想让奸党权贵们以为,自己不愿为了给王家申冤而得罪于僧怀义,以便麻痹怀义的党类。退堂之后,狄公又准备了一番,就到了上灯时节,于是唤来马荣、乔泰,让他二人依计行事。当晚也不安歇,专等马荣等的回信。

却说马荣与乔泰出了衙门后,约到二更时分,便来到了白马寺前面。依旧将山门轻轻一推,幸喜又未掩闭,两人挨着身子进去。将门重新掩好后,又来到了守门和尚的房内。那和尚看见他们进来,忙问:"昨晚你们可将里面的事都访问明白了?"马荣说:"全都明白了。不过有一点疑惑,昨天那山门不关是为了等那道婆,但俺又听那道婆说她要在寺内住上两三日,那么,这山门为何到了此时还不关?莫非还在等着什么人?"和尚回答说:"英雄有所不知。她每夜都是这样说,但一到了次日,还是会往回赶。因为她那个庵中也是个龌龊世界,里面的尼姑也不知把这京城中的少年,坑害了多少。她每日回去,就是为了办那些牵马拉龙的事。今天上午她就回去了,说好三更时肯定会来。英雄这时过来又有何干?"马荣听和尚说完,却只问了一句:"她可真来吗?"和尚说:"出家人不打诳语的。"马荣当即说:"你且在里面静坐,若山门外有什么响动,可千万莫出来询问,切记切记。"说着,就与乔泰走出寺庙,看看天色尚早,又在周围一带游玩了一会。

约到了三更时分,月色已到了正顶。两人正在盼望着,远远的,就见松林外面有团亮光闪闪而来。二人蹑起脚步,向松林内走去,定睛一看,只见一个少年女子提了个灯笼,照着那道婆直往前走,一边,嘴上还都说着一些有关房事的下流混话。两个女人说得正欢,不知不觉就来到了牌坊的前面。突然,马荣从旁边蹿了出来,右手举起腰刀,高声喝道:"老虔婆做的好事,今天是逢着俺了。"说着,伸出左手揪住王道婆的头发,用力一甩。道婆当即就跌倒在了地下。那个少年女子正要叫喊,早被乔泰踢了一脚。王道婆见这两个大汉,都是手执钢刀,怀疑是劫路的盗贼,早就吓得魂不附体,立刻求饶道:"大王饶命。我身边没有银钱,等放我进了寺,一定送钱财给你们。"马荣两人也不开口,每人提着一个,直向松林而去。

到了里面,"咕咚"摔下。乔泰向马荣说:"大哥,我们就此开了刀,看看她究竟是个什么形象,为那烈妇报仇。"马荣故意止住,说:"这事也不能只怪她一人,总是怀义那狗头造的这淫孽。若是这虔婆肯将那贼秃的暗门机关说个明白,我们仍只找那狗头算账,与她们二人无关。"乔泰听了这话,就向王道婆说:"你这虔婆,可听见了吗?爷爷本来要结果了你们的狗命,无奈这位大哥替你们求情。你还不赶快说吗?"不知王道婆听后,说出什么话来,且看下回分解。

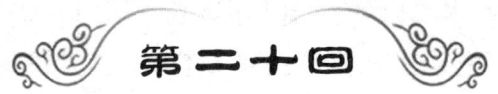

第二十回
老奸妇受刀身死
武三思传信受窘

　　且说那王道婆听了乔泰这一席话,心下想道:"这两人是从哪儿来的? 为何与怀义有这般仇恨? 我先哄他们一回,只要将此时熬过,到时告诉怀义,让他明日进宫告诉武后,到时传出圣旨来捉拿这两个强盗,还怕他逃到天上去吗?"当即说道:"大王要问他地窖的事,可这是他自己的埋伏,外人怎能知道? 我不过是偶然到此烧支香,哪会知道他的暗室。"

　　"你这刁钻贼婆,就你那淫烂的事儿,打量爷爷们不知道?"马荣冷笑着,说,"好吧,既然你要偏护那狗头,爷爷就要得你的性命。先送点滋味给你尝尝。"说完,刀尖一起,在王道婆的尊臀上戳了一下,那虔婆当时就"哎呦"一声,满地乱滚,鲜血直流,嘴里叫喊着:"大王饶命,我说就是了。"马荣说:"爷爷叫你说,你偏要说谎;现在不要你说了,你又来求饶。要说就快点,否则就下手了。"王道婆到了这时,已是身不由己,只得说道:"他那个厅口的门槛,两面都有子口,在外面只要轻轻一碰,就会陷入地窖。下面都是梅花桩、鱼鳞网等物。陷了进去,即使不送命,也已是个半死。那个门槛下面还有两块铺嵌在木板上面的石板，用铁索子系在槛上，只要一碰，铁链子就会落下，两块石板随即便会左右分开，下面露出那坡台。由此下去，底下又会出现十几间房屋。我昨日待的地方就是第二间，李氏娘子的是第五间。将这些房屋走尽，里面另有五间极大极美的所在，便是皇上的寝宫了。以上所说的没有半句虚词，求大王饶命吧。"

马荣听完，笑着说："爷爷倒想饶你一次，无奈我的伙计不肯。"王道婆疑惑他指的是乔泰，也就向乔泰哀求道："求这位大王也高抬贵手，饶我一命吧。"乔泰也笑着，说："他有伙计，俺也有伙计，只问我伙计肯饶了你，就没有事。"说完，将刀一起，喝道："就是这伙计饶不得你。"王道婆"哎哟"一声，早已人头落地。

那个女子见道婆被杀，自己忖度也是个必死，却又妄图哀求着，说："大王若不杀我，我就把身上这金镯子都给你二人。"马荣骂道："你且说说，你们那个龌龊的尼庵在何处？里面共有多少尼姑？"女子回答说："离此有三里左右的路程，现在共有三四十间暗房，三四十个尼姑，专门招引王公大臣、少年子弟，来此寻欢玩笑。我也是去年方才进庵的，就专随这道婆出入。有时她迎接不过来，就命我替代，因此才知道这里面的滋味……"

马荣不等她说完，当即骂道："留着你也不是好事。你既同她前来，一齐再同她前去。"当时也是一刀，把那女子杀死。

马荣又瞅瞅地上的尸首，说："这事做是做完了。但尸骸若在山门前面，岂不会连累那看门的和尚？你先进去告诉他

三更松林间，奸妇受刀死

吧。我把这两个人头送到僧怀义的厅上去,也好吓吓那狗头。"说完,伸手就把那两个首级提起,一路蹿房过屋,向那竹园而来。到了里面,直听地下有人说道:"这个老东西,这时又不来了。她不来,这一个就逢着人便胡闹。"马荣四下一望,见周围无人,就捏着脚步,按照王道婆所说的路径走到里面,把两个首级一里一外的,在那关键处轻轻摆好。随即蹿身上房,连蹿带纵的,来到山门口,向着里面喊道:"乔泰快出来,待会儿里面惊觉,就走不了了。"乔泰立刻从里面跑出,两人一起往城内而去。半路上,马荣问道:"你刚才如何对那和尚说的?"乔泰说:"我同他说明我等是巡抚衙门来的。并告诉他,若僧怀义在他身上追寻凶手,就让他到衙门控告,但说僧怀义骗奸良家妇女,致杀了两人。他见我是狄大人派来的,感激不尽,说代他出了这口冤气。虽然他有私意在里面,但总不至于会误事。"

二人赶到衙门后,却巧狄公正要上朝,见他俩回来,知道事情已经办妥,问明了原委,就直往朝房赶去。到了朝房后,幸喜除了元行冲外,其他的文武大臣都还没到。狄公当即将王毓书的事告诉了他,元行冲答应若有需要的地方,就与狄公一起伏阙力争。

一会儿,景阳钟响,武则天临朝。早有值殿官上前喊道:"有事奏驾,无事退朝。"只见狄公匍匐于金阶,上前奏道:"臣狄仁杰有事启奏。"随后,便将僧怀义如何妄图骗奸王家媳妇,进士王毓书又如何带众前来衙门状告的事,说了一遍。武则天听后,不禁吃了一惊,暗想:"怀义是朕的宠妃,准是因薛敖曹现在待在宫中,他却不能时常前来,加上朕又许久没去看望他,因此忍耐不住,才做出了这等不法的事来。但这事有碍朕的体面,如果被他审出了,可如何是好?"心里实在是委决不下,只得说:"既然发生这样的事,也不能因他是敕封的僧人就违例不办,但也要访问明白,别是他处的僧人冒充所做。卿家是明白人,应该知道朕的意见。此去,但将王毓书的儿媳查访清楚,令其交出便是了。余下若能宽恕的,看他是个出家人,就宽饶一二。"

说完,正要退朝,忽见黄门官前来奏道:"现有白马寺主持僧怀义,报说山门前发现两具女尸,首级不知去向,特命人来报官。"武则天听后,心下疑道:"莫非真是怀义所做的,将那两个女子骗来,行奸不从,再将她杀死,反来又让朕发落?现在狄仁杰正在朝上,如何遮掩得过去?"当即大怒,说:"白马寺是敕建的寺院,何人敢在那儿行凶。若不严加查办,法律安在?当时山门有人看守,难道恶人行凶时,僧人净慧就听不见吗?莫非是他做出这不法的事,再抵赖在他人身上?狄卿家此去,先将净慧严刑拷问,然后再奏明核办。"狄公心下明白,当时并不再奏,只是领了旨下来,退朝而去。

且说那僧怀义是如何知道山门前有了死尸,只因他与众娈童在暗室里胡闹了半夜,也不见王道婆前来,就向众人说:"这个老崽子骗得我好苦。明知我没她熬不过去,偏是不来。此处离她庵中不远,你们带我去找她,看她在那里究竟有何事。莫非又遇见了什么妙人儿,舍不得前来了?"那些娈童都是百依百顺的,随即就跟着僧怀义由暗室内出来。才将铜铃一抽,将那暗门打开,忽然一个滚圆的物件如西瓜一般,骨碌碌地由坡台上直滚下来。众人都吃了一惊,定神向前一看,还没喊出声来,那个物件早已"咕咚"栽倒在地下。怀义又仔细一望,正是血淋淋的一颗首级,当时就魂飞天外,忙喊道:"那边的英雄赶快出来,这里出了命案了。"

门槛外面那四个绿林大盗听见怀义叫喊,知道又出了事件,也将铜铃抽起,开了暗门。和怀义他们所见的一样,早有一个如西瓜大小的东西,从上面滚了下来。为首的一个人正往上走着,不防那东西正滚在自己头上,吓了一跳,将那东西一摔,但觉头额上冰凉,再用手一抹,不看犹可,再举手一看,原来是鲜红的人血,也连忙叫道:"这事奇了。此地哪来的人头?"怀义在那边听到了这边的叫声,心里更加害怕,又大叫起来:"四位英雄快来呀,这里也有个人头。"四人不解其故,只得一起攒身上来。过了门槛,来到里面的暗室,见怀义这里,已有一人吓昏在了地下,忙说:"你等不要慌,此事必是仇家所做的。你们先去取个烛台来照一照,看是何人的。"怀义连忙移过一个烛台,这一吓非同小可,忙说:"不……不好了,是王……王道婆被人杀了。"接着,就大叫起来:"我的心肝,你死得好苦,这一来我可怎么得过。"大汉说:"你们不要大惊小怪的。那边还有个人头,你们一同看清楚了,再想想这凶手会是谁。"说着,有两个大汉走过去,把那颗首级取了过来。众人一看,正是道婆的伙伴。怀义说:"这明明是她两人前来,走到半路被仇家所杀。这事可如何得了。"

正闹之间,忽听前面又叫喊起来:"你们快点出来啊,山

门口出了人命了!"怀义听出这分明是净慧在狂叫,不知道又
有谁被杀了。四个大盗听后,急忙蹿蹿纵跳起来,如飞一般
地来到前面,见净慧面如土色,还在那里叫喊,忙问道:"净师
父,凶手在哪里?"净慧说:"小僧与赵老儿在山门内等候王道
婆,又不见她前来,就一个人出去瞧望,只见有一个大汉,肩
上被着两件东西,向牌楼前一摔。小僧正要上前去问,但见
那人大喝一声:'你来便送了你的狗命!'小僧见他手中执着
一把亮刀,又惊又怕,就一个跟头晕了过去。过了半天,方才
醒来,那人已不知了去向,只留下两具无头尸骸。因此喊叫
起来,不知你们里面有没有发生什么?"四人齐说:"这事奇
了。莫非里面的人头,和山门前的尸骸都只是一个人的?我
们赶快追去。"四人各执兵器,蹿出了山门,果见牌坊前有两
口尸骸横在了下面。四人在附近又追寻了一会,不见一个人
影,就回到里面,劝僧怀义快去报案。怀义听了,就随即命人
进城禀告。

　　且说武则天退朝之后,急忙将武三思传入宫中,说:"王
毓书控告之事还没明白,又闹出了这场命案。怀义做出这些
事来,真是令人难救。那狄仁杰本是先皇的老臣,凡事都认
真,就是朕见到他也有三分敬畏。这事若被他审出了真情,
怀义只怕是难保了。你现在赶快去一趟白马寺,命他将所有
的罪名都推卸在净慧身上,朕便可以帮忙转圜了。"武三思领
过旨后,随即骑马出城,直往白马寺而来。

　　到了寺前,拴好马匹,果见山门前横着两具女尸,地甲等
人正在那里看守,另有许多百姓,来来往往的,拥在那里观

看。武三思怕人发现自己，引起议论，当即进了山门，直向内厅走去。只见怀义正与众人议论着，忽见武三思匆匆而进，真是喜出望外，忙问："皇亲家请坐。你看寺中闹出这等事来，该如何是好？"武三思笑了笑，说："本来你们也是太极乐了，日夜在这里快活。可知有人告了师父你？"随后，就将早晨狄公上朝所禀的事，以及武则天所嘱咐的话都告诉了怀义。怀义听了这话，也是吃惊不小，只得问："若真是老狄前来办案，僧人唯恐这事不能掩饰，这可如何是好？"武三思说："横竖有皇上做主，只要师父不与老狄硬干，应该没有什么大碍。从前我与张昌宗尚且吃过他的大苦，何况你是出家之人。好了，我也不能久坐了，如果被他在这里碰到，就不好了。"说着，匆匆起身而去。

武三思出了山门，正要往小路上走去，突然见前面鸣锣开道，差役纷纷而来。许多百姓齐声嚷嚷着说："巡抚狄大人来了，稍会儿就要查验此案了。"武三思见狄公已来，就只好站立一旁，挤在人群里面。不知后事如何，且看下回分解。

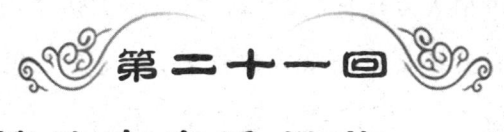

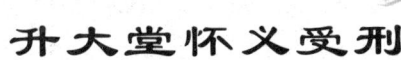

却说武三思见狄公已来,就只好站立一旁,挤在人群里面。不料狄公在轿内早已看见,心下骂道:"这厮前来,必定是有什么密旨传教给怀义。我且把他拘留在这里,令他亲眼看见,才会没有变更。"随即命人停轿,自己走了出来,高声喊道:"武大人在此何干?莫非怕下官查验不实,要在旁边监视吗?"武三思被他喊了这两声,一时转不过脸来,只得上前回答说:"下官因有点私事下乡了一趟,刚好经过了这里。大人是清正之官,下官又怎敢生疑呢?大人请去办公吧,下官先告退了。"狄公见他这样,心下笑道:"你也太乖巧了。既然来了,又怎能随便离去?"当时就忙着说:"下官正怕一个人会照应不到,正想请一位亲信大人同办此事。可巧就遇到了大人,所以恳请大人陪下官一同前去吧。"武三思心里正焦急万分,明知他在有意缠缚,就连忙回答说:"下官虽想与大人同去,无奈没有奏报过圣上,不敢越职做事。"狄公正色说:"你没有奉命办理此案,难道私下来到这里通风报信,就不算越职了吗?不是欺君又是什么呢?"武三思被他抢白了这一番,嚷嚷地,回答不出半句话来,只得说:"下官怎敢如此?现在奉陪大人前去就是了。"

当时两人一齐进了山门,早有人通信告诉了怀义。怀义平时妄自尊大,任凭你何人也不出来迎接,此时有了亏心的事,加上狄公清正刚直,无人不知,心中早已是惧怕,就迎了出来,在大殿前侍立。一会儿,狄公进来,怀义忙上前行过了礼,然后将狄公邀入前厅坐下。随即,自己也就入座。

"你是何人,竟敢与钦差对坐。"狄公当即大喝,说,"就这一点,就足见你目无法纪。今日本院是奉旨查办你骗抢民女的案子,你就是为首的钦犯,还不赶快跪下,从实供说,王毓书的儿媳现在何处?山门外的两个人又是你何时杀害的?"

怀义见狄公说了这一番话,直吓得浑身乱抖,说:"僧人奉旨在这寺庙里做主持,怎能说是钦犯呢?还有什么王毓书的儿媳,僧人实在不知。还望大人不要听信一面之词,明察此案。"武三思在旁边帮着说:"大人还是等查验过后,再来审问。此时还没分出皂白来,是不能命御赐僧人下跪的。"狄公说:"不然。王毓书也是个进士,绝无不顾羞耻诬陷他人的道理。从这个命案来看,人是在他的寺前遇害的,不管他是否参与谋杀,受害人在被杀时肯定会大声呼救的。他既为寺中的主持,为何会闻声不救?照此论来,他也不能置身事外。况且本院又是奉旨的钦差,他虽是敕赐的主持,但这是敕赐他在这寺中修行,而不是敕赐他在这里犯法。若以'敕赐'两字,做那护身符,难道他杀了人也不治罪吗?再说王毓书的事,人人皆知。若不审问明白,如果激成了民变,大人可担当得住吗?"这番话直说得武三思不敢开口。

狄公又向僧怀义大喝道："你这个奸僧的所作所为，本院早已知道了。今天本院奉旨前来，你还想恃宠不跪吗？"怀义见武三思已被他抢白得无话可说了，只得双膝跪下。狄公问道："这两口尸骸，是谁家的妇女？为什么因奸不从就把她们杀死了？"怀义连忙回答说："僧人实在是冤枉的。若说我见死不救，这个寺院有不下二三十间房屋，山门口发生的事，里面又怎能听得见呢？这事显然是山门的僧人净慧所做。自从僧人奉旨主持白马寺以来，便命他在山前看守，因此他平日里就挟仇怀恨，已不是一天了。最近又听说他奸骗妇女，在山门前胡行。请大人将他传来，问明这事。"狄公说："你既然知道是这样，为何不早些奏明，将他驱逐出寺。可见你们朋比为奸，事前都是同谋，事后再推卸到他身上。"说着，就起身与武三思一同出了山门。

狄公先看着仵作将尸体检验完，唱报说是刀伤致死，填明了尸格。然后才又重新进入庙中。又命人将净慧带来，喝道："你这贼秃，为何挟仇怀恨，做出这不法的事来？这两人又是谁家的女子，为何将她们杀害？"净慧本已接受乔泰的嘱咐，就说："大人明见。僧人自从进庙以来，都是小心谨慎，不敢越礼半步的。昨天三更时分，山门还没关闭，僧人当时出去小解，才发现这两具尸骸的。"

狄公当即大怒，说："你这狗秃，还说不关你事。为何半夜三更还不关门？"净慧说："这不关我事，求大人追问怀义。"怀义听了这话后，深恐净慧说出真相，连忙说："净师父你可不能乱说。现在狄大人与武皇亲同在这里，都是奉旨而来，你知道吗？你管的山门半夜不关，为什么要推到我身上？"狄公知道这是僧怀义在递话给他，意思是让净慧先承担这罪名然后他们再从中周旋，心中大怒，于是连忙喝道："净慧，你是招还是不招？若再不说，本院定用严刑。"净慧说："这事虽然小僧都知道，但不敢全部说出。至于其中的缘故，都在前面的厅口那。请大人追查一下，就可知道。"

狄公听了这话，就对着武三思，说："本院还不知他这儿竟会有许多的暗室。既然净慧这样说，就同大人前去看看吧。"说着，就命马荣、乔泰并众差役一齐前去。此刻，武三思心下着急，就说："里面都是皇上上香的地方，如不奏明圣上，怎能随便进入呢？这事还望大人三思。"狄公冷笑着，说："就算贵皇亲不说，本院也知道这道理。但可知历来寺院里都有君主驾临的地方，假若有人在其中图谋不轨，难道也因为是君主临驾过的，就不再追查吗？此事由本院承担一切责任，贵皇亲只请放心。"武三思没法，只好随着狄公穿过人殿，由净慧带路，来到月洞门前。

当时，众人将月洞门抽开，怀义早已吓得魂不附体，心下暗想："如果他能陷入坑内，送去性命就好了。那时死无对证，皇上也不能将我治死。"谁知马荣早已知道这个暗门，先让净慧进去，自己与众人站在竹林里面。只见净慧将门槛一碰，铃声顿响，早将两扇石门打开。接着，净慧又向外面喊道："大人，这就是僧怀义不法的地方了。现在那个李氏还在里面哭呢。"狄公凝神，果然听到一派哭声，从窖内隐隐传出，随即向武三思说："贵皇亲可曾听到了？如果仅因这是禁地就不追查,岂不让那女子冤沉海底了?"武三思直急得无言可答。狄公又转过身,向怀义怒道:"你这贼秃,竟敢如此不法。且等我们进入后,看看那里面究竟有多少暗室,你又骗害了人家多少女子。"怀义想要不下去,早被马荣揪住了左手,向前拖去。

狄公走进了地窖,但见下面的暗室如同房屋一般,也是一间间的,排列在四面。所有的物件陈设,无不精美。狄公问:"李氏现在哪间房内,还不快点指出。"怀义到了这时,也没法再隐瞒了,只得指着第二间,说:"就在那儿。"当时,狄公命马荣同净慧将门打开,果见里面有一个极美的女子,年约二十以外,真是沉鱼落雁之容,闭月羞花之貌。见有男子进来,当即骂道:"你们这些混账种子,又前来有何事?我就是拼得一死,也要与僧怀义那贼秃到阎罗殿前算账。"马荣说:"娘子你认错人了。我等是奉狄大人之命,前来追查此事的。现在钦差都在这儿,赶快随我出来吧。"李氏听了这话,真是喜出望外,忙说:"狄青天来了吗?今日我是死得清白了。"说着放声大哭,走出房来。抬头但见两位顶冠束带的大臣,也不知谁才是狄公,当即倒身便拜,说:"小妇人王李氏,因僧怀义那奸僧假传圣旨,骗我爹爹命阖家进庙烧香,又将奴家骗到此处,强行苦逼。虽然小妇人拼死抗拒,没让他得逞,但遭到这一次羞辱,小妇人也无颜回去面见父母翁姑。今日大人前来,正是奴家的清白之日。一死不足惜,留得好名声。"说罢,对定一根铁柱子就拼命撞去。早让狄公吃了一惊,急忙让马荣前去救护,谁知又是一下,一命呜呼。把个武三思同僧怀义直吓得浑身抖战。狄公也是叹息不已，对着武三思说："这可是贵皇亲亲眼所见的。切勿以人命为儿戏啊。"当时命差役将怀义锁起，然后各处又查了一番。那些娈童、顽仆以及四个大盗，早就从地道内逃了个干净。

狄公又查了一会，明知前面还有房屋，因碍于武则天的国体，不好深追，就止住了脚步。正要出来时，忽见坡台下有许多鲜血，当即就向僧怀义喝道："你这没王法的贼秃，还说没有杀人。这鲜血又是从哪儿来的？"怀义还要分辩，狄公也不再听，早命人将他与净慧一齐带回衙署，将月洞门各处都贴上封条。接着，与武三思走到辕门处，将王毓书传来，告诉他李氏节烈身死的事，并让他明日来府衙堂前听审。王毓书听说自己儿媳已死，不禁放声大哭。当时叩头不止，自去准备殡事，不提。

且说狄公将武三思困在府衙内，命人摆上酒饭，与武三思吃完后，即命人准备好升堂。顷刻间，书差皂役排好在两边。狄公坐下后，即令人将僧怀义与净慧分别带上。堂上，僧怀义巧辞狡辩，与那净慧争吵不休。狄公听罢，将惊堂木一拍，对着怀义喝道："你这秃囚，暗门已被打开，血迹又在你的坡台上被发现，你却到此还敢抵赖。可知王子犯法都与庶民同罪，何况你只是个僧人。左右，先将他重打六十，然后再问他口供。"

看官的，你道这起命案本是狄公命令马荣等做的，为何反在僧怀义身上拷问，岂不是狄公冤人吗？殊不知，这正是狄公除恶务尽的意思。若不这般，虽然搜索出僧怀义的种种罪状,那王道婆也定会出入宫门,暗通消息,将怀义救了出去。若再严办下去,于武则天的面上也不好看。因此暗中杀了那恶婆,再将此事推到怀义身上,杀人之罪,即使武则天也不好赦免他。这也是豺狼当道之时,狄公为了防止僧怀义残害更多的百姓,而采取的不得已的办法。

却说众院差吆五喝六的,将六十大板打完。可怜怀义虽是个僧人,但平日住的是高房大厦,吃的是百味珍肴,与王公大臣一般,哪里受过这等苦头。当时就已皮开肉绽、叫喊不止。狄公命人将他拖起,仍放到公案前跪下,冲着他喝道:"你究竟招不招?再不说实话,本院就用大刑了。"此时,怀义万分无奈,就说:"大人是堂堂的重臣,为何要来有意苛待僧人。大人要我招供也不难,先将我'敕赐白马寺主持'这几个字奏销了。否则,皇上御封的僧人,都敢用酷刑拷问,我看你也是目无君上呢。"不知狄公听了这番话后,作何反应,且看下回分解。

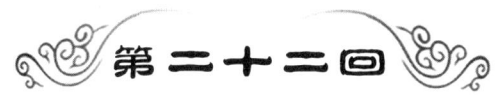

第二十二回
金銮殿两臣争奏
众百姓大闹法堂

且说僧怀义说了那一派混话后，大堂里霎时死寂一片。

"你这派胡言，用来吓谁？"狄公大声喝道，"你说你是御赐的主持，但还知法犯法，那么就更应该罪加一等。本院情愿顶着那擅专的罪名，也定要将你拷问。"当时就把惊堂木连拍了数下，命左右取过夹棍伺候。武三思见事情发展到这样，急忙说："僧怀义虽罪不可恕，但还是求大人且宽恕一天，等明日奏明了圣上，再加拷问吧。"狄公怒道："乱臣贼子，人人得而诛之。本院已将这万岁牌供奉在上面，就如圣上亲临一样。若有罪名，本院一人承担。"说着，就连连命人将僧怀义夹起。下面的院差见狄公动了真怒，就赶上来数人，将怀义的僧鞋脱下，把两腿放进圆眼里面，再将绳索一收，只听怀义"哎哟"两声，就昏了过去。狄公命人将他扶起，用火酸醋缓缓抽醒。差人又扶着他在大堂两边走了几趟。此时，怀义早已痛入骨髓，嘴里痛哼不止。狄公命人将他推跪倒在案前，喝道："若再不招，本院就用极刑了。"怀义听了此言，不禁哭道："求大人别再用刑，僧人情愿招了。那两颗人头现埋在竹林的墙根底下。那两个人都是兴隆庵的道婆，不知被何人杀死在寺前，致将两颗首级送在了暗室外面。僧人说的都是实情，求大人再为探访。"狄公说："只要有了首级，就是实在的形迹。谁叫你埋在下面的？"当时命招房录了口供，令他在下面画了押，然后退堂，到了里面对武三思说："方才僧怀义供认的事，贵皇亲也都亲自听到了。明日早朝，还请与大人一同面圣。"武三思满口答应下来，见狄公审问已毕，就告辞出了辕门。当时天色将晚，也并不回府，而直接由后宰门来到宫中。所幸那些太监没有不认得他的，因此一路穿宫过户，直来到武则天的寝宫中。

却巧武则天正在与张昌宗谈着僧怀义的事，刚说道："朕已命三思前去报信了，但不知为何，直到此时还没回来？"武三思在外面听见了，忙说："姑母不必过虑，侄儿已经回来了。"当即便将这一天在白马寺包括巡抚衙门所发生的事，讲了一遍。武则天听后，大吃一惊，忙说："怀义那种雪白如玉的皮肉，怎能受得了这般重刑。若将他拷死了，可如何是好？狄仁杰又不比他人，明日早朝，定有一番辩论，令朕如何处置？"武三思说："现在只有一个法子。王道婆被人杀死，至今还没找到凶手，怀义也没认供。明日圣上就说他们各执一词，难以判定，就交由刑部审问。刑部大堂是武承业管理的，他是臣的兄弟，又是圣上的侄儿，岂有不偏护怀义的道理？"张昌宗也在旁奏说："这老狄在朝中，终是不好。不但与我们作对，还专对皇上怒言怒色的。就如怀义这事，明知是朝廷敕赐的地方，他偏要追寻出暗室来，明白就是瞧不起陛下。若不将他革职退朝，我等诸人又怎能长久地待在宫内？岂不让陛下日后冷清，没人陪伴了吗？"武则天说："你等所说的，朕又怎会不知？只因狄仁杰是先皇旧臣，平日又没有什么过错，怎能轻易革职呢？再说，你我在这儿都是私情，他办的才是公事。朕又怎能因私废公呢？等到明日上朝，再来定夺吧。"

次日五更时分，景阳钟响，诸臣上朝议事。狄仁杰果然出班奏说了昨日审查僧怀义的事，并将一道记载怀义恶迹的表章，呈了上去。武则天听他说完，又细看过奏章后，方说："卿家所奏，固然有理，也理应将僧怀义问罪。但是，怀义虽将人头掩埋，也并不能说明人就是他杀的。这事恐怕还有别情，怎能立刻就定罪呢？"狄公听了这话，忙说："就算这两人不是他所杀，那人头又怎会在他地窖里面？况且，白马寺是清净的地方，为何会造出这么多的地窖暗室？显见他平日里就无恶不作。还有那李氏，正是因为他的强逼而尽节自杀的，这岂不是一条人命吗？陛下又岂能因他供认得不够清楚彻底，就对他加以宽恕？那样，国体又何在？法律又何在？"武三思起初并不开口，到了这时，突然说："狄大人，你也是因痛恨僧怀义，才会这样说。在下官看来，说他骗抢李氏倒是事实，但若说他强逼李氏，就不敢恭维了。他根本就没成奸，而且说到节烈自杀，那明明是李氏自己触柱而死的，与怀义又有什么关系？"狄公听了这话，愈加愤怒，说："你这欺君附恶的狗官，李氏要不是被他强逼，又怎会自己寻死？此事若不能按法处治，将僧怀义处斩，就请圣上将国法注销吧，免得徒有虚文。"武则天见他二人争辩不已，就说："二位卿家这样争执,朕也无法加以判定,就先将怀义交给刑部审讯吧。问实了口供,再来定罪。"狄公还要再奏,武则天早已拂袖退了朝。

狄公走出朝堂,闷闷不已,一个人回到府衙后,就进了书房。心下想道:"看来这次,若不将武承业这狗头痛辱一番,也不能将僧怀义除去了。今日武承业肯定不会加以审问,准是将他送入宫中,向皇上哭诉去了。倒不如……"狄公正在这般筹划着,却巧王毓书前来府衙探信,听说僧怀义被武承业要去了,不禁大哭不止。狄公在里面听见,就将自己的计策告诉马荣,让他如此地对王毓书说。马荣领命出来,将王毓书拉到旁边,将方才的话对他说了一遍。王毓书自是感激不尽,遵命而去。

这里,狄公换了便服,带上马荣、乔泰以及亲信的差役,来到刑部衙门附近,等候动静。到了午后时分,忽然看见一乘大轿由衙门内抬出,如飞一般地向东而去。马荣远远看见,赶着上前喊道:"你这轿内抬的是谁,又不是赶赴沙场,干吗这样飞跑,将我的肩头也给碰伤了。"

"你这厮没有魂吗?也不问清了就来胡缠。"那轿夫不认得马荣,大声骂道,"俺们在刑部当差,抬的都是皇亲国戚,莫说还没碰着你,就算碰着了,或将你这厮打死了,看看又有谁敢出头说个不字。我们这里面的武夫人,要立刻进宫面圣。你这狗头,还不快给我滚。"

马荣听了这话,心下实在是佩服狄公,当即也怒着说:"你这厮用大话来吓谁?我也不是没有来历的。你说你抬的是武皇亲的夫人，我还说你抬的是钦犯呢。莫要走，现在巡抚衙门就要来人了。当初许多百姓在衙门口闹个不停，说武承业枉法，要将僧怀义放走，我们大人还只是不信。这会儿我倒要看看百姓所说的究竟对不对了。"说着，就要掀那轿帘。那几个轿夫见了，赶紧大喝着说："好大胆，快放手，皇亲国戚是让你这狗头乱看的吗？"马荣哪里理他，见他来阻止，当即高声喊道："大家快来看呀，这轿内坐的是僧怀义。"顷刻，乔泰、陶干以及书差皂役全都围了上来。狄公也就随即上前喝道："你这四人是受谁指使？里面坐的又究竟是何人？快快从实说来。"四人见狄公亲自前来，先吓得魂不附体，也不回答，急忙转过身去就想逃走。早有差役并陶干等人，每人上前揪住一个，马荣将轿帘掀起一看，里面的正是怀义。随即令人将原轿抬起，回转到了巡抚衙门。

此时，王毓书早带了许多百姓，在衙门哄闹，忽见狄公自外面回来，还带回一乘轿子，在大堂上放下。狄公先命人提上那四个轿夫，大喝道："你四个好大的胆量，敢在刑部衙门去劫持钦犯。左右，先将他们杖责一百，再斩首示众。"轿夫们一听，连忙在下面叩头不止，说："此事不是小人们的意思。这都是武皇亲命我等将怀义抬出，送入宫内。还说若半途有人询问，就说是他的夫人，因此小人们才敢如此。求大人明察开恩。"狄公道："胡说。武皇亲是朝廷的大臣，又奉旨查办此案，怎么会未经审讯，就将钦犯送入宫中？这明明是你们不守法律。"那些百姓看到这种场景，无不齐声说道："世上竟有这样的坏官，一味看重情面，不顾百姓的死活。反正现在已是民不聊生了，不如拼了一条死罪，到刑部将武承业揪出来打死算了。"说着，也不再听狄公审讯了，只是一哄而上，来到了刑部衙门。

这边，武承业自僧怀义去后，正得意这事总算顺利完结了，忽听门外人声鼎沸。只见无数的百姓，蜂拥而至。自己正在诧异着，早见外面有人进来报道说："不好了，不好了，大人将僧怀义送入宫中的轿子，半路被百姓拦阻下来了。那些百姓还逼令狄大人将他带回巡抚衙门。现在您的刑部大堂，都被挤满了，他们都说大人徇私枉法，欺上瞒下，要与您理论理论呢。"武承业听后，大惊失色，正要想个办法，突然只听喧嚷一声，暖阁门已被众百姓挤倒了。接着，就进来了四五十个人，看见承业，齐声叫着"抓他"。承业见自己动了众怒，也不敢出去阻止，正要从旁边逃走，早被一个人抓了回来。接着又上来五六个人，你打一拳，他踢一脚，登时就把个刑部尚书打得鼻青眼肿。承业深恐送了性命，在地下哀求道："诸位百姓，我将怀义重办就是了。你们怎说怎好，千万不能再打了。"

"大家先住手，让我问他几句话。"其中有几个做好做歹的人听了这话，用力劝阻住众人，说："你既为朝廷大臣，昨日白马寺之事，你哥哥也是亲眼所见的。为何还要为了一个和尚如此枉法？今天要想活命，除非你请狄大人前来，在此共同审讯，将僧怀义定为死罪，我等众人自会随时散去。若不这样，我等逃不了殴辱大臣的死罪，你也休想活命。"

众百姓大闹法堂

武承业见人众滔滔,不敢不答应,即刻就命人拿着名帖到巡抚衙门去,一面又命人到其他的衙门去送信,以便带兵前来,将这干人驱逐,为首的治成死罪。那些家丁领了命后出来,分头行动去了。

不一会儿,早见阖城的官员,带了许多兵丁拥在了门口。百姓们见了,高声喊道:"武承业,你这狗头,竟敢调兵过来恐吓我们。"说着,许多人上前,将武承业举起,向外说道:"你等若敢进这大门,便先用他来请你们开刀。"众官员见事态已经这样了,哪个还敢动手?武承业早已吓得屁滚尿流,满口喊道:"诸位大人不要过来,且等狄大人前来发落。"

彼此正乱成一堆,只见那个前往巡抚衙门的差官,赶回来说:"狄大人不肯前来,说此案已不关他的事了,又没有奉旨,所以不能越职审问。他还说自己已深受大人连累,他的巡抚衙门里也挤满了争闹的百姓。他现在正打算将僧怀义再送往这里,仍听任大人审讯。"不知后事如何,且看下回分解。

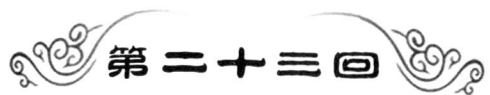

第二十三回
武承业罪定奸僧
薛敖曹半路遭擒

　　且说武承业听到狄公不愿前来后,赶紧大喊道:"众位也都听到了,这是他不肯前来,可不关下官的事了。诸位百姓即使将下官治死了,也没有好处。何不到巡抚衙门那,去找僧怀义理论去?"众人听了,大骂:"你这奸贼,倒会推卸责任。你听不见吗? 狄大人不来,是因为怕你谎奏朝廷,说他越职审案。这里有这么多的官员,你为何不令他们去请,反用这些兵丁来吓唬我们。"说完,就将武承业倒举起来,如同摔流星一般地,摔来摔去。众官见了,都进退两难,不知该如何是好。突然,武三思走了进来,高声喊道:"本官与各位大人马上就去请他,你等别再动手了。"众百姓说:"限你三刻,不来便摔。"说罢,"咕咚"一声将武承业摔到了地下。武三思只得领着众人,飞奔而去。

　　到了巡抚衙门,武三思也不等巡捕通报,就直奔书房而来。狄公见众人到来,知道仍是为了僧怀义的事件,不等武三思开口,就将拒绝的话说明。武三思只在那苦苦相求。狄公无奈,只得说:"但凭诸位的口头表示,本院实在不敢遵命。

若一定要让本院前去，请在此立一个凭单，将武承业如何私放僧怀义，如何引起众怒，又如何前来相请的话，写成一个凭单，各位再签字在上面，本院方可前往。"武三思明知狄公有意推辞，只得事事都先依了他。当下匆匆忙忙地写完。然后，众人乘轿来至刑部。

进去之后，狄公立刻赶上前去，高声说道："你等快将武大人放下，本院即刻就与武大人提审僧怀义，给众位一个交待。若再有徇私枉法之事发生，诸位去找我狄仁杰就是了。"众百姓听他这样说，才将武承业放了下来。顷刻之间，人犯已被提到，狄公让武承业坐到正堂之上，自己只坐在一旁，听他审讯。

武承业到了这时，真的左右为难。若不审讯，堂下的百姓必不答应；若定下罪名，怀义就肯定丢了性命。思来想去后，只得对着怀义说："那两个人究竟是被你杀的，你就权且供来吧。你可明白吗？"狄公听了这话，心下骂道："这个奸贼，刚才几乎送了性命，现在又递话给那贼秃。打量我不知吗？教他权且供认，将此压了过去，然后再到圣上面前哭诉，以求赦罪。哼，真是做梦！"

那僧怀义见武承业这样说，知道不说肯定是压不过去了，只得供道："僧人所杀的两人，都是兴隆庵的道婆。因她俩平日常潜入寺中四下搜寻，僧人担心她将暗室看破，走漏了风声，因此前日就在半路将她们杀死。又怕日后追寻起凶手,因此便将人头埋入寺中的竹林墙角下,以便灭迹。不料被狄大人看出了破绽,致使败露。"武承业听完,问狄公说:"僧怀义连杀两人,逼杀一人,这是凌迟的罪名。但念他是敕封的主持,就拟定一个斩监候的罪名吧。等到入秋以后,再为施刑。大人意下如何?"狄公说:"贵皇亲所判很是合理。那么,现在就命书差录下口供吧,再使僧怀义画供。口供笔供都齐备了,本院才有理由让百姓自动退散。"武承业听完,心下恨着说:"老狄你也太狠了,一定要做得无可挽回,将怀义置之死地,这又是何苦呢?也罢,就算此时遂了你的心愿,随后一道圣旨,将怀义赦免,看你还能如何?"当时,就命书差录下怀义的口供,又让怀义画过了供。狄公方以此,劝服那些百姓散去。

百姓离去后,狄公又与武承业谈了一会,方才起身告辞,返回巡抚衙门。这边,武承业见众人散去,心虽放下了,但浑身已被摔得到处是伤,动弹不得,当时对着怀义哭诉,说:"下官为了你的事,几乎送了性命?现在可如何是好?"怀义自知难活,又听他说了这话,不禁又哭着哀求了他一番。武承业也是着急,只得对武三思说:"这事还是哥哥进宫一趟,将细情奏明给圣上,请她想办法吧。"武三思总因怀义是皇上的宠人,恐怕伤了情面,当即也就允诺了。随即就乘轿出来,却故意让轿夫在街上说:"你等行人赶快让开,我家武大人回衙了。"一路飞跑,来到了宫中。刚巧武则天的另一宠妃薛敖曹也在。随即,武三思就将当天所发生的百姓哄闹以及请狄仁杰前来定罪的事,说了一遍。武则天听后大惊,说:"这事还了得！狄仁杰是铁面御史,如此一来,岂能更改？端端的一个好怀义,就被他送了性命,让朕心下何忍？"又想了一会,也没有好的主意,只是答应替僧怀义周旋而已。

第二天,朝堂之上,狄公果然奏报了昨日之事,并将写有僧怀义罪状及口供的奏章呈了上去,武则天细阅了一遍,没发现一处破绽,可供批驳的,只好顺着狄公的意思,判定僧怀义斩监候;王李氏节烈可嘉,准其旌表;白马寺中的厅院地窖一律拆毁,寺中田产全部充公。武则天虽恨他过于严苛,也只是说不出口,一会儿便拂袖退朝。狄公回到衙门后,分别办理。百姓自是感激不已。

却说武则天退朝回宫后,闷闷不乐,薛敖曹赶紧迎了上来,陪着武则天喝酒聊天,以解女皇的烦闷。席间,免不了说一些狄公无情、为何不遣他离京的话,武则天心中自有忖度,只是不准。最后,只命薛敖曹明日先到武三思家,再去刑部大牢里安慰僧怀义。

次日一早,武则天上朝,薛敖曹换了一身太监的装束,就带上两名穿宫小太监,直往武三思家而来。也是合当有事,当时狄公正由朝房出来,走到半路,忽然看到武三思的家人带领三个少年,向刑部衙门的那条路走去。心下非常疑惑,暗想:"前面那个少年好像在哪里见过,怎么会和武三思的家人走在一起?"随即将马荣喊到轿前,问:"你可认识前面的几个人吗?"马荣回答说:"如何不认识？为首的那个是武家的旺儿,后面那三人不便在街坊上说明,我们回衙后再说吧。"狄公会意,随即说:"你命乔泰跟在他后面,看他究竟到何处去,赶快回衙禀报。"马荣听后,叫乔泰跟踪去了。

到了府衙,狄公下轿来到书房,马荣随后跟了进来,说:"大人,那个三十上下面皮雪白的,就是目前皇上的宠人薛敖曹,据说过去只是南门外一个无耻的流氓,诨号"小薛"。不知何时被武三思发现,知道他善于房事,就送进了宫中。"两人正说之间,乔泰匆匆跑了进来,说:"那少年正是薛敖曹。小人跟在他后面,见旺儿与他三人一起往刑部去了。"

狄公听罢,随即命令差役伺候,因通往白马寺的路要经过刑部,于是就说要去白马寺拆毁地窖。一路走来,渐渐离刑部不远。忽见前面那个少年,又由对面走来,心下好不欢喜。正要命马荣前去,谁知他早已会意,抢上几步,到了前面,故意在薛敖曹身上一撞。薛敖曹果然大骂:"你这狗头,没带眼睛吗？走在爷爷面前,还看不见!"马荣见他叫骂,也就喝道:"你这厮破口骂谁？这又不是你买下的路,凭什么在这儿狐假虎威。"薛敖曹哪里忍得下去,当即向小太监说:"你们还愣着干什么,还不将这厮捆起,活活打死。"

两人正在闹着,狄公的轿子已到了面前,忙令停轿,向外问道:"马荣,本院命你到白马寺拆毁厅屋,你为何与人在此争吵?"马荣说:"这人是南门外的无赖,名叫小薛。刚才小人走路匆忙,他撞到了小人身上,反将小人一顿乱骂。"狄公喝道:"胡说。他是个少年子弟,你怎么知道他是无赖?先去问问众差役。"于是,马荣就把在场的院差一起喊了过来。众人上前一望,一个个都吃了一惊,不敢开口。狄公说:"你们难道不认识他?若果真是无赖小薛,本院或可略问几句,就放他前行。若不是小薛,本院倒要彻底根究,是谁如此猖狂,胆敢辱骂院差。"

武三思的家人旺儿从见到狄公过来时,就已经吓得魂不附体,知道又出了祸事,现在见狄公这样说,恨不得众人立刻就说他是小薛,免得狄公还要根究。无奈众人知道薛敖曹的事,一时都没人开口。狄公大怒,说:"那好吧。本院就将这厮带回府衙,审讯一番,也就明白了。"薛敖曹见了这样,已是心惊胆战,深恐自己吃苦,连忙说:"我正是小薛,请大人开恩。"

"狗头!"狄公听了,大喝,"从前你已多次幸逃法网,此时还在这里行凶。皇城禁地,岂能容你这样的奸民作恶作福?左右,给我将他锁了,送回府衙,等本院回去发落。"后面两个小太监不知利害,见薛敖曹被锁了,忙上前阻拦说:"他是宫中的人,圣上也知道的。你们好大的胆子,竟敢用铁链去锁他。旺儿见小太监说出了真相,心里十分着急,唯恐牵连到自己,赶紧挤出了人群,逃回去了。

这边狄公问道:"这么说,你两个孩子肯定认识他了,赶快说来,本院就放你们回去。"小太监说:"我们两人都是穿宫的太监,是和他一起从宫中出来办事的。"狄公也怕他接下来,会说出那不尴不尬的话来,就连忙喝道:"你两个小狗头,别在这胡说。他既是无赖,又怎敢住在宫中?此事大有可疑,左右,把他两个也锁起,带回衙门。"说完,自去白马寺拆毁地窖,不提。

且说旺儿见小太监说出了真话,赶紧跑回家中,禀告了武三思。三思也是万分焦急,立即起轿来到宫中,告诉了武则天。武则天听他说后,更是羞惭愧恨,连忙吩咐说:"你等快速赶到巡抚衙门,就说朕宫中逃走了三名太监,既然被他抓获了,就令他送进宫来,听朕发落。"武三思只得领命出来,派人去府衙说:"皇上有旨,命你等将三个逃走的太监送进宫去。"早有巡捕回答说:"此时大人还没回衙,我等不敢擅作主张。况且也不知这圣旨是真是假,不能仅凭贵皇亲的口信,就信以为实。"来人无可奈何,只得回去禀告了三思。谁知狄公早已料到会这样,故意拖到天晚才回。回到府衙后,已是上灯之后了,当即命人准备升堂,又令人将仪门关闭,怕有闲人看到审问的情状。随后,将三人唤到堂上。

"小薛本是地方上的无赖,可你等说他常在宫中来往,难道他是受人指使,想要行刺的吗?"狄公先问那两个小太监。薛敖曹在旁边听到后,早已是魂飞天外,深恐性命不保。只听小太监说道:"这小薛也和我等一样,是圣上的穿宫太监,并不是行刺之人。这次我等私自出宫,圣上并不知道,刚才已经下旨,请大人派人将我等送回。我等已知获罪不轻了,又怎敢谎报实情?还求大人开恩。"

狄公想了一会,说:"本院看小薛不像是太监,你等既然不说,本院就命书差查他的旧案。若果然是恶迹昭彰,本院决不轻恕。"等了一会儿,书差们虽然查过薛敖曹的旧案,但只是无人开口,堂前一片死寂。欲知后事如何,且看下回分解。

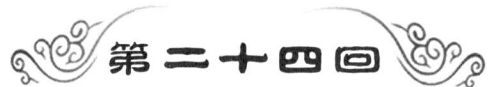

第二十四回
怀宿怨忠良遇害
出愤言挽回奸计

　　且说当时，狄公问了此话后，堂前一片死寂。

　　"大人，此人的确是无赖，并时常串通太监在外胡行。所犯的案件，书办尽知。"突然，一个名叫贺三太的刑房书办走出来说。原来，此人自幼与薛敖曹为邻，凡是薛敖曹的恶迹无所不知。他早年有个女婢，又被敖曹抢占去了，因此这愤气至今都未出。今日见众人都不敢开口，狄公却又如此追究，所以挺身出来，想要那薛敖曹至少也受点棒伤。随后，这贺三太就将薛敖曹从前的案情，悉数查出，呈到了堂上。狄公看了几件，尽是些奸淫的案情，不禁拍案大怒，喝道："你这狗头，犯下这等罪恶，还敢与太监串通，继续作恶胡行。左右，给我将他拖下，重打一百大板。"左右答应一声，早将薛敖曹拖下，一五一十地狠打下去，直打得他叫喊连天。然后将他拖入牢中，以待狄公明日早朝上申奏。

　　次日五更时分，武则天临朝。狄公出班奏道："臣奉旨拆毁白马寺的地窖厅门，昨日已经完毕，特来复命。并奏明陛下一事，臣在半途中遇到两名穿宫太监，正与京城南门的无赖小薛在外胡行。因此臣将他们带回衙门,查出小薛的案件,全是一些不法之事,理应依法处治。后来臣回衙以后,又听说陛下传旨要这三人,想亲自审问,臣不知真假,所以特来启奏陛下。"武则天听了这些话,心下不禁胆寒,想了一会,才说:"卿家所奏,朕都知道了。只不过这私逃外出的太监,都是朕的宫中之人,不便让外官审问。因此,请卿家立刻将他们押送回宫,朕要亲自发落。"狄公当时只得遵旨,心下暗道:"幸好本院昨天先打了他一百大板,否则,不又被他逃过了。"想罢,回府不提。

且说这边,武则天退入后宫后,正要命人前去巡抚衙门,催促狄公放人。忽听外面一阵哭声传来。正是太监引着薛敖曹回来了。武则天见自己的宠人如此悲伤,正要过去安慰他几句,只听宠人大哭着说:"小薛日后再不能侍候陛下了。"武则天见他这般凄惨,连忙惊讶地问:"朕已将你三人要回宫来,你还有何事好怕的?"薛敖曹看看四周,说:"这儿不是说话的地方,请陛下到里面细说。"武则天也不知何事,只得进入寝宫,只听薛敖曹跪下恸哭着说:"小薛已被巡抚衙门那个贺三太,给……给……给阉成了废人。"武则天一听这话,真是又羞又恼,恨不得立刻将贺三太等人碎尸万段。

原来昨夜,狄公审过薛敖曹等人后,便让巡捕将他们重新带入牢中。那贺三太虽然说出小薛万般的罪状,但总不能解恨,想起他从前对自己的千般欺辱,越想越怨,越怨越恨。终于按捺不住,认为这是一个实行报复的最好机会。恨极生胆。那贺三太也不报知狄公，等到二更之后，就一个人偷偷来到狱中。恰巧那个看守的禁卒，从前也受过小薛的骗害，被小薛弄了个倾家荡产。当时，两人就一碰即燃，合到了一处。二人在牢门口想了一会，最后决定阉割了小薛。一来，阉割了他后，不会送了他的性命，但他也别再妄想继续得宠了；二来，大堂审问时，供认的太监明明说他也是太监，况且圣旨上也是这样写明的。即便明日重新上堂，他也不敢说出，只能打碎了牙往肚里咽去。于是，二人就来到狱中，按照计划，将那小薛给活活阉成了个废人。

却说此时，薛敖曹只是痛哭不已。武则天也没法安慰他，只在那里独自懊恨，最后只得将张昌宗召来。张昌宗来到后，听了这事，也是意外之极，就对武则天说："这事总是狄仁杰做的祸。我看他一人并不能这样清楚宫中的事，只怕他手下另有私党。陛下若再不访拿那班奸党，将他党类灭尽，只怕我等都要被送了性命。到时，陛下一人在宫中，岂不冷清？"说着，就两眼流下泪来。武则天见薛敖曹变成了废人，已经是懊恼不堪了，此时又听了张昌宗这番言语，更是难忍，当即大发雷霆，命太监前去召唤武三思、武承嗣二人，速速进宫。

两人到了宫中，听到薛敖曹的事后，见武则天动怒，随即跪了下来，说："臣等早知道会有此祸。自从庐陵王被贬到房州后，朝廷上有许多大臣心里不悦，想要谋反，废黜圣上。只因没有找到机会，便唆使老狄出面，打算先除去陛下的左右近宠,再将臣等武室宗族除尽,然后带兵入宫,拥立庐陵王登基。之前,臣等虽然闻听此事,无奈陛下总认为老狄是办事的重臣,不肯深信,所以也不敢深奏。但时至今日,陛下若再不将这群奸党追查严办,恐怕这天下就再不是陛下的了。"说罢,恸哭不已。武则天听后,更是怒不可遏,说:"你等要速速暗访出奸党的名姓,将它们开出名单来呈上。朕要按罪给以严办。"二人领命,自去准备,不提。

到了次日,五更上朝,文武大臣两旁侍立。忽然,武承嗣出班奏道:"臣最近风闻朝廷上有人怨恨陛下,说陛下废除明君,反将天下大权归于己手,不久将要起兵讨逆,逼迫陛下退位,再拥护庐陵王入宫。"

两边的文武大臣听后,无不大惊失色。只见武则天大怒,说:"前次是因太子昏弱,难当重任,所以朕才临朝听政。是谁在朝廷中胡言乱语,妄想谋反的?"武承嗣说:"是昭文馆学士刘伟之,并苏安恒、元行冲等人。平日里,他们总在刘伟之家中,议论纷纷,结党营私。求陛下先将刘伟之赐死,然后将余党交给刑部审问。"

武则天随即怒道:"刘伟之,朕一向待你不薄。你既受国恩深厚,为何还要谋逆造反,离间宫廷?"此时,刘伟之已经是吃惊不小,听了这话后,赶紧俯首在金阶上,说:"这是武承嗣与臣挟仇,故意造出这派言论,来诬陷微臣的。臣等并未私议朝事,只是感慨太子无辜被贬,致使奸臣贼子,窥视皇座,扰乱朝纲。若陛下愿意召回太子,退入后宫。那么,奸臣贼子自然死心,天下也可安宁。"

武则天听了这话,格外愤怒,大喝:"什么叫无辜被贬?这不是说朕年老糊涂,不分是非吗?还有,依照你所说的就可天下安宁,若不照你说的去做,是不是就要起兵作乱了。这种叛逆的言语都已出口,左右,还不将刘伟之推出午门斩首。"

"陛下开恩啊。"元行冲、苏安恒一班老臣,齐跪在阶下说,"此事仅凭武承嗣一面之词,不足为据,请陛下审查过后,再做决定。"武则天哪里准奏,只是喝道:"朕意已决,卿等退下。"

狄公见众人所奏不准,心下明白皇上是为自己惩办僧怀义、薛敖曹等事,心怀懊恼,想要借此泄恨。于是,出班奏道:"刘伟之妄议朝政,理当斩首。但臣访知,当时议论之人中,武三思、武承业等人也在内。陛下要斩刘伟之,可先斩去二武,方合公论。"武则天听后,忙说:"狄卿家不可乱说,三思、承业都是朕的内侄,怎会有谋反的道理?"狄公说:"他二人何曾不想谋反。自从太子被远贬以后,他们便整日逢迎陛下,妄想陛下传位给他。近来见陛下不曾传旨,他们便怀恨在心,想要带兵进宫,杀害陛下,也好自立为王。不料这一计划被刘伟之等人知道了,便想竭力禁止。所以武三思等人对他恨之入骨,又怕他说出自己的阴谋,所以今天先来诬陷,以报私仇。陛下如果真要斩刘伟之的话,就请将臣也一起斩杀了吧。那样方可朝廷无人,奸臣当道。"

二武听了狄公这一番话，直吓得魂不附体，连忙奏道：
"臣何敢如此，这明明就是狄仁杰的有心诬陷，请陛下明察。"
武则天见狄公一派言语，分明是在袒护刘伟之，却又如此正
义凛然，就说："将刘伟之交给刑部审问，再做决定吧。"随后，
拂袖退朝。

此后，几日无事。这天，狄公正在衙门看书，忽见马荣匆
匆跑了进来，说道："不好了，大人。小人方才出去巡夜，听说
刘大人被刑部用私刑拷问，将周身用热锡浇烂，逼出了口供。
随后，皇上即将他赐死，现在已通知了家属，让家人前去领尸
呢。"狄公听了此言，不禁放声大哭，说："刘学士，你心在朝
廷，却遭此诬陷。狄某定会为你申冤雪耻的。"当时听大堂上
面，已到了三更时分，也不去安歇，就穿上朝服，上朝去了。

原来，自从那回武承业引起百姓公怒之后，便被撤去了
刑部尚书的职位。现在接任尚书之位的，是一个叫作许敬宗
的酷吏，也是武氏一党的奸臣。刘伟之就是在他的暴刑下，
忠烈而死。随后许敬宗又捏好一份歪曲的口供，呈了上去。
此案就这样被无理了结了。

却说此时，许敬宗也来到了朝房，许多人立刻迎上去，吹
捧他才能出众，办案神速。武承嗣在旁边听后，颇为得意，当
时也不知狄公在场，就向众人笑着说："只要有俺弟兄在朝，
哪怕老狄再吹毛求疵，也奈何不得我们。他也不问问当今的
皇帝是谁，又要传位给谁。真是不自量力。"众人见他说出这
话，知道狄公在这儿，当即都不再回话了。狄公哪里忍得下

去，忙着推开众人，问："贵皇亲说圣上要传位给谁？"武承嗣见狄公前来问他，方知此言犯法，赶紧带着笑说："这是下官一时的戏言，大人何必计较？"狄公当时大喝道："刘伟之已经被你这班奸贼狗头诬陷致死，现在又牵涉在狄某身上。你现在不将话讲明，我们就一起入朝判个明白。圣上要传位给谁？老夫又有何党类，党类在哪？你快给我说来。"说着，就走上前来，直奔武承嗣而去。武承嗣此刻自知理亏，又被他这样骂了一顿，也就恼羞成怒起来，回声骂道："你这个老死囚，圣上几次对你宽容，你还不知足，只一味地清除异己，结党同谋。"狄公听后，不禁左手一伸，将他衣领揪住，说："老夫问的是圣上要传位给谁？"武承嗣被他揪着衣领，格外愤怒起来，高声叫道："狄仁杰，你在朝房放肆，还不是有心作乱吗？"话没说完，脸颊两边早被狄公左右两掌打下，顷刻就浮肿起来，满口流血。

正闹之际，直听景阳钟响，武则天临朝听政。许敬宗先赶去禀奏，说狄公殴打皇亲，欲图谋反。武则天听后，自是大怒。一会儿，狄公来到，不等则天开口，就将武承嗣在朝房中的言语，并刘伟之受冤身死之的事，一一禀来。剖胆吐心一般，将所有的事情，包括自己的想法，一一表达，情真意切，感人肺腑。说完后，放声大哭。武则天也不得不为之动容，停了半晌，才向着许敬宗说："你是刑部大臣，为何妄奏朝廷，说狄卿家谋反。明明是你浮躁成性，与武承嗣妄议朝政。既然你如此不敬，谅你也难当大任，回去后就自行离职吧。武承嗣记大过一次,非召不得入朝。至于张柬之、元行冲等人,既经狄仁杰保奏,全部释放。"狄公还有启奏,武则天已拂袖退入后宫去了。

且说武承嗣等退朝以后,心中大怒,把许敬宗邀入自己府中,便与他一同商议,要与狄公做最后的较量。许敬宗想了许久,突然一计进入心头,于是,便对武承嗣说:"现在,只有断了老狄的希望,我等才会有将来。下官现有一计,可如此,只要贵皇亲有这胆量,还怕江山不进你们兄弟之手吗?"武承嗣等听后,如获至宝,齐声说好。

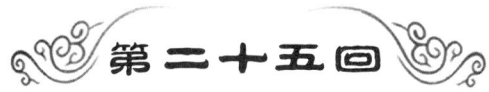

第二十五回

狄公提兵平飞雄
李唐登朝归一统

　　且说这日，五更时分，诸臣上朝。武承业突然出班奏道："庐陵王因遭贬不服，近日竟遣派其部下大将李飞雄，带领数万大兵，攻打怀庆，势力猖獗。怀庆太守胡世经，与贼众连通一气，匿报军情，不敢出战。幸亏有守备金城，发送告急文书到臣这儿。现在城中危急，一旦胡世经出城投降，以下州县就会势如破竹。臣这还抄录了一份庐陵王的伪诏，请陛下御览。"

　　武承业话刚落下，一朝的文武百官顿时大惊失色，不知如何是好。武则天看过伪诏后，更是大怒，说："不料贼子竟然天伦废绝，与母为仇。既然如此，朕岂能再过于慈爱，现遣五万大军，星夜赶赴怀庆。待破贼之后，再到房州，将庐陵王锁拿来京，按律治罪。"此旨一下，两边的官员无不面如土色，盛怒之下，又不敢上前劝谏。

　　狄仁杰到了此时，知道庐陵王是受了冤屈，不得不上前阻谏说："圣上休断母子之情，让天下臣民耻笑。这必是奸臣勾结匪类，冒充庐陵王旗号，以假乱真，以此来陷害太子，达到自己不可告人的目的。"武三思听了狄公所奏，深恐皇上收回旨意。于是，又用那叛逆之类的言语来刺激武则天。武则天听后，果然怒不可遏，再不听忠臣之言，即刻命令武承业带领五万大军，前往怀庆剿灭李飞雄。武承业得了这道旨意，心下好不欢喜。正要领旨退朝。

"臣安金藏愿用性命担保太子不反。"突然，班中走出一人，跪倒在金阶下，大哭着说，"陛下不听忠臣之言，任凭奸贼诬陷太子。臣不忍再看此事，愿剖心以明太子不反。"说罢，只见他抽出佩刀，将胸前玉带解下，一手撕开朝服，一手将刀向胸前一刺，鲜血直流。

当时，两边文武都猝不及防，无不大惊失色，倒退了几步。武则天也不曾料到他会不顾性命，也觉得目不忍睹，急忙命人将他送入宫中，并传太医快速医治。随后，元行冲等一干人，也齐声痛哭，力谏武则天。

"众卿家如此苦谏，朕又该如何处置呢？李飞雄作乱，总得派人前去剿除吧？"武则天着急地说。

"陛下若能给臣一旅之师，臣愿为太子表明心迹，将李飞雄活捉来京。"武则天定神一看，见狄仁杰已跪倒了金阶下。想到此时也真是骑虎难下，就只得准奏，将原本派给武承业的兵将，转归狄公统管。

次日一早，狄公带领五万大军，一路浩浩荡荡，直往怀庆赶去。此时，胡世经早已得报，听说狄公前来，不禁喜出望外，亲自带兵相迎。狄公见到他，当即问道："李飞雄兵压怀庆，你身为太守，为何不出兵迎敌？"胡世经见问，就回答说：

"李飞雄挂名太子所派,正要迷惑众听,混淆是非。怀庆城内兵马不足与他正面作战,若鲁莽迎敌的话,城必陷落,到时正中了敌人的奸计。太子的冤屈也就更难洗清了。所以,下官一面坚守城池,一面传书到房州,让太子辩清自己。至于金城发书报急一事,下官也已猜到,只愿明公能够裁明。"狄公当即传来金城,说:"你既然主张开城杀敌,想来一定是骁勇非常、武功了得。所以,本院就先派你前去骂敌,杀他威风。不知你意下如何啊?"金城听后,不禁心惊胆战,但又不得不领命。原来此人也是武氏一党,平日里只会狐假虎威,并无多少真才实干。前次发书,也只是企望武氏兄弟能够前来,以此共谋奸计。却不想等来了这位铁面御史。到了此时,只好硬着头皮,来到战场。

"来者莫非就是怀庆守备金城吗?"对面,李飞雄将马头一拧,上前喝道。

"老爷就是金城。你既知我名姓,就应该知道我的来历。"金城见李飞雄说出了他的名姓,以为武三思曾经与他说过,所以这般回答。但李飞雄却不懂他的暗话,只是说一通剿灭武党、恢复李唐河山的话后,就拍马迎了上来。几个回合下来,金城早已是虎口阵痛,浑身无力,正要拨马逃走,李飞雄早已赶上,手起刀落,便将金城砍于马下。随后,贼兵一声呐喊,掩杀了过来。狄公在城上见了,连忙下令发射乱箭,稳住阵脚。李飞雄只好得意扬扬地敲鼓回营。

且说狄公回营后,忙命人将高宗御前的两位都指挥传来,此二人武艺高超,英勇善战。当时狄公就对他俩说:"你

狄公智遣奸金城

两人立刻前去骂战，先挫一挫那李飞雄的锐气，本院看过后，自有破敌之策。"二将领命前去，果然英勇无双，先砍下了飞雄帐下的一名副将。飞雄知道后，大怒，举起大刀，拍马上前。斗了十几回合，也渐渐支撑不住，便将马头一拧，落荒而逃。二将怕他另有暗算，也不去追赶。

此时，狄公正在营前观战，马荣突然走上前说："小人还道那李飞雄是何方的强人，谁知原来是从前那个白鹤林的小李子，与小人早年是一党的。明日待小人到他营中，只要如此……"狄公听了此言，心里非常欢喜，忙令马荣前去准备。

且说李飞雄正在营中与部下商议，忽见小军进来报说："外面有一好汉，自称马荣，说是寨主从前在白鹤林的好友，日前闻听寨主在太行山聚义，特地千里来投。"李飞雄正愁营中将少，没有能人，听说马荣前来，真是喜出望外，随即带人接出营来。

两人相见后，自是分外亲切。李飞雄为马荣接过尘后，就将此时战场的情况对他说了一遍。马荣听后，问道："方才愚兄来营，见大旗上面写着庐陵王的旗号，莫非是那被废的房州太子又想复夺江山，才命贤弟前来辅助的？"李飞雄听了，哈哈大笑，说："哪里是什么庐陵王。老哥你也不是外人，不妨就将这实情告诉你吧。只因当今皇上想传位于她的侄儿武承嗣，无奈狄仁杰等一班老臣不但屡次阻谏，而且还妄想那庐陵王回来登基。所以，武氏兄弟便命小弟冒充庐陵王的旗号，起兵造反，从而断了那班老臣的希望，自己也好早登大殿。倘若武承嗣得了天下，你我这功名富贵，还怕得不到吗？遗憾的是，小弟不懂什么兵法，更不会指挥将士。这几仗打得太是辛苦了。不过，这次老哥来到就好了，快来帮愚弟参谋参谋吧。"

马荣听后，就让飞雄带他去查看地势。马荣巡视过后，心里暗自得意，就对飞雄说："愚兄明日愿代弟出征，先挫挫那敌军的锐气。"飞雄听了，自是欣喜不已，连忙入帐与马荣摆酒叙谈，不提。

第二天一早，马荣走出营门，来到战场上骂敌。狄公的军队见是马荣讨战，无不诧异，赶着进帐去禀告给狄公。狄公随即命乔泰前去会敌，并说："马荣这回来骂敌，一定是得到了什么消息。你去后，只可诈败，看马荣有何话要说。"乔泰领命，随后坐马提刀，向战场走去。马荣见是乔泰前来，故意大喝道："来者何人？竟敢前来送死。俺家李大寨主昨日被你等杀败，命俺今天前来报仇。不要走，且吃我一刀。"乔泰见他故作惊人，心下实在是好笑，也就举刀迎上。两人大战二三十回合，乔泰渐渐支撑不住，又战了几回，便拨马而走。马荣当即连蹿带纵，紧紧追来。两人来到前后追逐了十几里，来到一片树林里。后面贼兵全都看不见了，乔泰勒住马，回身笑道："大哥你做什么鬼脸，究竟那营中怎样了？"马荣说："若不如此，怎能令他相信。"当即就将敌营的情况说了一遍，然后道："敌营左边的高山上，可以伏兵。回去后我就劝他，明日让我守寨，让他自己兵分四队，前去包抄你们。你们可先与他正面交锋，杀了他的偏将左右，然后，我再把他的后寨烧成灰烬，他定然会往那高山附近逃亡。到时还怕擒不住那叛贼吗?"乔泰听后大喜。两人正要回去,远远望见贼兵赶着追来。乔泰立刻伏在马头上,越树穿林,顷刻间便没了身影。贼兵赶上,将马荣迎回了寨中。

且说那李飞雄见马荣今天如此卖命地胜了一场,心中更是感激,对马荣可谓是言听计从。马荣回来后,就按计鼓动他明日领兵围攻官军,杀倒狄公的威风。飞雄不知是计,自然大喜,连连说好。

次日,李飞雄带领四股军队前去包抄,果然中计,大败。正要赶回后寨,早有小军报说,山寨已被那马壮士一把火烧得干净。李飞雄咬牙切齿,大骂马荣,随后直往左边的高山处奔逃。狄公早在那里做好了准备,派一员骁勇大将,将飞雄生擒回营。

到了帐前,报功已毕,李飞雄被推跪到了阶上,依然矢口不移,冒充着庐陵王的旗号,大骂不止。狄公暗道:"这人倒有恒心。据马荣说,他是为了报答许敬宗的救命之恩,才会为这班奸臣做出这事。此时被擒,危在旦夕,还始终如一,不肯推赖他人。倒也算是一位好汉。"想到这里,当即起身下堂,将众人喝退,亲自为他解开绳索,向他说道:"将军是一世的英雄,何苦要受人愚弄,不顾自己的性命。不久庐陵王就要来到军营。那时本院再为你分辩,何如?"说完,也不问别的事,命人将他送入后营,每日好酒好菜的,使他食用。但一连数日,狄公都不再露面。所有服侍他的兵丁,也都是你来我往,没有一个固定的人。

李飞雄起初以为自己必死无疑,此刻见到却是这样的情形,也不知道狄公的用意为何。这日性急起来,却巧小军过来送饭,飞雄就将他揪住,横按在磕膝上面,露出那腰刀,喝道:"俺到这里就是个贼首,那狄仁杰为什么不将我斩首,究竟是何用意?你给我说明白了,俺就饶你的性命。"小军被他按住,动弹不得,忙叫道:"小的只听他和马将军说过,将军您是误听了人言,才会做出这非礼的事。其余的话,将军就是将小的杀死,也不知道了。"李飞雄听了这话,高声骂道:"马荣,你这狼心狗肺的死贼,俺好心待你,反倒遭你的毒手。此时又虚情假意的,前来骗谁?我今生除不见你,要是见了,一定与你势不两立。"

"贤弟,愚兄这旁请罪了。"马荣突然走了进来,说,"可这事也不能怪我。那许敬宗是个误国的奸臣,虽然当年对贤弟有恩,但也并非有意救你,而只想让你代他干了这叛逆的事件,若事情成功,就与武家兄弟平分天下。若事情不成,就把所有罪名都推到贤弟身上,他则能继续自在。那个武承嗣更是个遗臭万年的人,百姓恨不得食他的肉,扒他的皮。不料贤弟堂堂一个顶天立地的汉子,竟会深中他的奸计,反把国家的太子、天下的储君陷害。自己思量,岂不是大错?前日愚兄到你营中,有心骗诱,实在想让贤弟改邪归正,做回好人啊。贤弟若信我的话,此时就同去面见大人,以便日后为太子辨明冤屈。如不相信,愚兄也不能辜负贤弟,致使贤弟去受那一刀之苦。不如就现在贤弟面前寻个自尽。"说完,拿起剑来就要自刎。李飞雄听了这番话后,心下实在是惭愧万分,开口不得。此刻,见马荣要自尽表白,连忙上前,夺下大刀,说:"大哥的话,使我如梦初醒。愚弟有心悔改,可是罪已犯下,只怕为时已晚。"马荣说:"贤弟若能为太子辨明冤情,定能立功赎罪,重新开始。如果愚兄所说不实,但到九泉之下,也没有脸面再去见贤弟。"李飞雄见他说得言诚意切,但心里总有些狐疑不定。马荣说:"贤弟,你不需再犹豫不决了。只要你能奏明太子,再与奸党对质,还有什么好怕的?"马荣说完,见他只是不开口,知道他心里已经应允了。随即,挽着飞雄的手腕说:"你我此时就去见大人,说明本意。"飞雄到了这时,因他这派劝说,加上连日的殷勤照顾,早已是心中感激。当即,就随他到了大帐,诚心降伏。

狄公见万事顺利,大喜。次日,便领众班师回朝,决定与那奸臣对质辩白,解救无辜。

且说这边,武承嗣等自从听说了飞雄已被擒获,个个都是心胆俱裂。果然不久,朝廷审出口供,将罪犯一一定罪。许敬宗凌迟处斩;武承嗣虽然死有余辜,但姑念是圣上的内侄,只命他服毒自裁;武三思因未参与谋划,姑且免死。自此武氏一党势衰力微下去。不久,庐陵王在众臣力谏之下,返回京城。

此时,京城气象一新,万物都显得如此欣欣向荣。谁知乐极悲来。狄公自入京以来,因年岁已高,又整日忙着整理朝纲,消奸除佞,以至于积劳成疾,身体状况每况愈下。一夜,到了三更时分,忽然无疾而终。时年七十一岁。在朝官员得知此信后,无不哭声震地,感念不忘。次日五更上朝,奏明女皇。武则天放声大哭,说:"狄卿家去后,朝堂空矣。朝廷大事,谁还能决?老天夺我国老,为何这么早呢?"随后传旨户部尚书,放银万两,又命庐陵王前去叩拜,谥封为梁文惠公,御赐祭奠。丧事过后,方按照狄公生前的举荐,传旨张柬之继任相位。

且说那班奸臣见狄公一死,心下又无所畏惧,重新作恶起来。于是,宰相张柬之等,趁武则天年老力衰、朝政逐渐下放之时,及时联合、团结宫廷御林军人,趁着奸党等毫无防备,设计发动兵变。兵变成功后,武三思、张昌宗等一班奸臣贼子全被处死,武则天被迫退位,搬入后宫。随后,众臣迎取庐陵王入宫登基,即为中宗皇帝。至此,天下复归李唐,江山一统。此是后话。